脱口秀避难所

黄西 著

山東文藝出版社

果麦文化 出品

目录

第一章

刘东入行

我站在舞台上，听见领导冯昊在观众席里喊："刘东，你把大家逗笑，马上给你一个月工资！"刺眼的舞台灯光让我根本看不清他的脸，或者任何一个其他观众的脸。整个现场突然静了下来，唯一能听到的是自己的心跳声，唯一能看到的是自己镜片上的灰尘。把目光转向舞台边左侧，勉强能看到那个刚认识的女脱口秀演员正守在暗处，面带微笑地看着我。

我转回头，对着灯光艰难地说："大家好，我是刘东，是搞生物科研的，已婚，最近被裁员了。被裁员后，才感觉到老婆对我真好，马上帮我在她前男友的公司里找了一份工作。"观众的笑声响了起来。这个笑声让我感到兴奋，是那种久违了的和朋友在一起干傻事儿或开玩笑后放声大笑的兴奋。同时也感觉到巨大的压力：讲第二句以后，大家还会笑吗？我停在那里等大家笑完。这个等待非常艰难，越等想法越多：嗓子没事儿吧？万一突然忘了想说什么咋办？笑声停了之后，我继续说："就是今晚来这儿团建的公司。"一些观众又笑了起来。

眼睛逐渐适应了舞台灯光的亮度，隐约能看到冯昊用手支着头，面无表情地看着我。我马上把目光移开，看着舞台上的地毯说："目前的领导是我老婆前男友的儿子。工作第一天，我就得罪了一个女同事，后来发现这个女同事是领导的女朋友。我被罚了一个月工资。七岁的儿子说，如果爸妈离婚，他要跟妈妈。也不知道我为什么这么倒霉，可能是因为出生的那年正好是我的本命年。"

就这样，在"笑坊脱口秀"俱乐部里，我阴差阳错地做了人生中第一次脱口秀表演。

那天演出的地点是北京东城区方家胡同46号的热力猫酒吧，北京脱口秀的摇篮地。这个酒吧一进门就有个客厅一样的空间，有三排沙发和一张咖啡桌，地毯散发出一股幽幽的啤酒味。再往里走是吧台，左拐是昏暗的观众席和一个舞台。因为经常有摇滚乐演出，舞台上堆着架子鼓、吉他和键盘。舞台边上则是一个通往厕所的狭窄过道，也是演员们候场的地方。有些在演出中途要上厕所的观众得从演员身边挤过去。

那天演出开始的时候，脱口秀演员天王在舞台上问坐在前排的一男一女："你们俩什么关系？是情侣吗？"男的点头，女的摇头。天王马上抓住了这一点："为什么一个点头，一个摇头啊？"观众席里的冯昊和普拉达对视大笑，转头看向王大山，王大山也大笑起来。他们三个又不约而同地看向我，让我措手不及。

我是想表现出团队精神配合着笑一笑，但有比这种挑逗观众的脱口秀更无聊的吗？不就是逗趣，耍耍嘴皮子、抖个机灵以博大家一笑吗？不笑又会怎么样！再说了，我看过林语堂的书，这个小酒吧里的演员怎么可能比林语堂更幽默呢？更何况，林语堂的书都没能让我笑出声。

那三个同事还是不依不饶地看着我。我应该原则性地再一次向生活妥协，向他们妥协。这个想法让我更笑不出来。但笑不出来也要妥协，我点了点头。

舞台上，天王话锋一转："今天，我们有来自富子生物技术公司的领导和员工到场，可以让你们公司的人上台讲一段儿吗？"冯昊对几个员工说："谁想第一个上去试试？做第一个勇敢吃螃蟹的人？"

特别不理解这种对"第一个吃螃蟹的人"的崇拜：什么勇敢啊？不就是饿了吗？吹得那么玄。在我看来，真正的勇气是面对一堆大闸蟹的时候，让别人先吃。看着冯昊那张帅气的脸，我挤出了一个无奈的微笑。这种微笑我轻车熟路。

冯昊对摇头的王大山说："你最能说，上去为我们富子公司争口气！"

"好吧！既然领导叫到了，我上！"王大山起立，在掌声中走到舞台上。

"大家好，我是王大山。我就是喜欢脱口秀，人活着就得幽默、开心，是不是？呵呵，最起码我长得幽默。"台下观众开始分神、聊天。王大山在台上尴尬得直冒汗。

好像突然想到了什么，王大山说："有个人问服务员Wi-Fi密码是什么？服务员说是'wylzdlx'。客人说自己记不住。服务员告诉他是'我要两只大龙虾'拼音的首字母缩写。那人说太好了，随即脱口而出'我要两只大龙虾'。服务员立马就给他上了两只大龙虾，五百元一只！"

有一名观众起哄："网络段子！咿——"

王大山仓促地说了一声"谢谢大家"就朝台下走。天王迎着王大山上台："谢谢王大山。看来富子公司平时没有能讲笑话的，所以才来我们俱乐部啊！"观众大笑。冯昊一脸不悦。

普拉达用她那神似完美二元二次方程曲线的眼线和假睫毛看了我一眼，和冯昊耳语。

冯昊转头对我说："刘东你上去试试吧。"我挤出无奈的笑容说："不行，从没上台讲过笑话。"王大山在一边起哄："刘东！我都豁出去了，你不发挥点儿团队精神，也上台讲一讲？"

我气愤地瞪了王大山一眼。他明明知道我在公司的处境已经很艰难了，还在这里找我给他垫底儿。白天因为做DNA亲子鉴定的事情，我不小心得罪了普拉达，结果她哭着跑到冯昊那里告状。冯昊说我失职，要扣一个月工资。就这样，倒霉的一天还没有结束，公司晚上又要团建，本来心情不好不想来，但回到家后王艳说这是个自我提升、和同事与领导增进感情的机会，一定要让我过来。

冯昊冷冷地说："今天你不讲，明天就别来上班了！"我两条腿不听话地站了起来。王大山马上说："富子公司又有一个要上台的！掌声在哪里?”观众边鼓掌边看向我。这些掌声和注目让人错乱恍惚，我拼命在脑子里抓住一个想法：要被开除了！不能在大庭广众之下丢人！于是我挤到过道，转过身，快步朝观众席后面走过去。观众笑起来。天王在舞台上说：“富子公司员工离场比上台更逗啊！我们演出继续哈！”

在客厅入口处，我和一个女孩撞上了。她有一张一看就没整过容的非网红方脸，在幽暗的酒吧红灯下显得很好看。我急忙说：“对不起。”她说：“我没事，你没事吧？”

本想敷衍一下她敷衍的关心，但一想对方又不认识我，是一个和自己没有任何利害关系的人，这可能是现阶段能有恃无恐说真话的唯一机会了。于是我说：“今晚团建，领导逼我上台讲段子，不讲就要被开除。”没想到她开始认真起来了：“那你还不去说一段儿？紧张吗？”我说：“我是搞科研的，平时工作认真话不多。不是我不想说，而是不知道该怎么开始，怎么结束，中间又怎么继续。而且，刚才我们公司的同事上台被起哄了……对，就是紧张。”她说：“这正常。我是脱口秀演员，讲了两年了，上台前还是紧张。但我觉得你能行。”

我感到一种自己很排斥的情绪：希望。希望总是让人兴奋，但越是兴奋，后来的失望也就越让人痛苦。希望是失望的必经之路，没有希望就没有失望，希望之于失望就是结婚之于离婚。但没有希望本身，是不是就是失望的一种呢？

我说：“那你能告诉我上台应该怎么讲才好吗？我得保住

这份工作。”她说：“脱口秀主要是讲自己的观点、自己的感受、自己的生活。”这话让我想起了初中被要求写作文的场景。记得那时，操着一口浓重的山东口音、表情严肃的语文老师也说过类似的话。我没有勇气和老师坦白我没有自己的观点、没有自己的生活，更谈不上什么拿得出手的感受。现在我也还是没有生活，光有工作。而且，近来在家的感受还不如工作带来的感受好。嗯，可以这么说，活成现在这副德行，想从生活里找出一丝愉悦感，简直比从石头里挤水还难。

我每天做出的巨大努力就是在掩饰这个现状，不过这个擦肩而过的人倒是让我放松了戒备：“现在的生活想起来都难受。”她说：“那太好啦！你就在台上把你的经历说出来就行了！”我说：“开玩笑吧。刚才我们公司最逗的同事，上台讲了一个网络上现成的段子都被起哄了，我上台唠叨自己那些破事儿就行？”她说：“对。脱口秀最忌讳的是抄袭，最看中的是原创。真的，我不骗你。”我将信将疑。骗子的口头禅往往是“我不骗你”，但我也想不出她有什么动机诓我去上台出丑。她说：“你再想想吧，我得去候场了。”

我在旁边的沙发上坐下来。客厅这边有几位顾客点了瓶红酒，正在聊项目。不知道从什么时候开始，红酒成了“上流社会”的标配。我就是不理解红酒，葡萄已经够好吃的了，顶多需要“呸”一声儿，吐一下葡萄籽儿。这帮法国人非得把葡萄放进一个大木桶里用脚踩碎，发酵，然后装到瓶子里。哦，对了，红酒瓶还那么难起开，得用瑞士军工刀里面的螺旋钻一个劲儿地转，然后“乓”的一声，瓶塞儿出来一半儿，另一半掉在酒里。搞得酒里面都是锯末子一样的东西，喝上一口之后还得“呸呸”吐出来，就和吃葡萄一样！另一桌几个老外和英语好的中国人一边喝啤酒，一边在玩叠叠高积木。看着积木倒下来，大家欢呼“Jenga（叠叠高积木）”。我被他们的情绪带动，也兴奋了一下。

静下来后，我仿佛意识到刚刚发生了什么，脑子里又轰鸣起王艳的责备：“你又被辞退了？又被优化了？你说话怎么不过脑子呢？在公司工作要学会怎么做人、怎么说话……”但这次我可以说：“我是因为没说话被开除的！”也不行，这样她会认为我在攻击她，甚至是揶揄她，会把“战壕”挖得更深，拼命还击，直到发起冲锋，最后让我举起白旗。她必须赢。

我和王艳结婚八年，每次见面仍感觉她头上有光环，就是油画里耶稣脑袋上的那种。那种光环只在夕阳折射在她头发上的时候才不那么明显。她漂亮，且知道怎么把曼妙的身材用得体的衣服衬托出来。她要强，且容不得半点瑕疵。这样的女人怎么会和我在一起了呢？这都得益于我们俩不在同一个地方工作，她不会日复一日地看到我的缺点和毛病。每次约会，我都会精心把我的缺点，比如自卑、懦弱、寡言、讲话不知分寸等，像热恋中的男人穿衣、女人化妆一样精心掩盖一番。但婚后总有脱衣服、卸妆的时候，我所有的缺点就渐渐暴露无遗。

结婚之后，我意识到她概念里面的完美婚姻是两个人变成一个人。这在数学上是“1+1=1”，所以肯定得有一个人是“0”。我尽量做这个“0”，而且大部分时间也做到了：我尽量不说话。虽然脑袋里面免不了有自己的想法，但和她在一起时我们只能有她的想法。有的时候为了阻止脑子里的想法和声音外溢，我憋得头晕。

偶尔没忍住反驳几句，她或是大吼或是摔东西，摔的大部分都是筷子，因为她常常是在一系列不愉快的眼神、表情和言语被压下去之后，尝了一口我做的晚饭就忍无可忍了。她觉得我做菜不用心就是没把她放在心上。我不理解为什么口味那么重要，在我看来吃饭就是营养摄入，恨不得能把蛋白、脂肪、碳水化合物和维生素直接输入到胃里。听到解释之后她明显更加生气了。看到这个我曾经发誓要让她幸福一辈子的漂亮女人气成这样，我就服软了，下决心重新做“0”。即使事实上不可能，也要无限趋近于“0”。

王艳常说我结婚之后变了，但在我看来，结婚之后她变得更多：婚前我们没有吵过架，更别说摔东西了。婚姻好像让她释放了自己的另一面。王艳告诉过我，她和她那位大男子主义的父亲关系不好，我怀疑她是不是把从小对男人的一些怨恨发泄到了我身上，但从来没有勇气去问她。

说话经常得罪人的确是我的缺点，而且得罪人之后还不认为自己做错了什么。我最受不了的一句话就是：说任何话、做任何事情要有度。这个“度”太主观了，主要是用来抬高自己或贬低别人。在上一家公司工作的时候，我因为说话没有“分寸”，没有把握好“度”，成为当时唯一被“优化”的员工。现在想想那个领导——林总，其实对我还是很宽容的。他是那种很健谈的人，特别是在看完一些网红博主发的东西后，会立刻觉得自己知识面很广，充满了智慧。他有很多经不起推敲的观点被我推敲了几次，但他没有和我发脾气，只是说："不聊这个了，继续工作吧。"的确，我也认为在工作时间聊领域外的事情不妥。

投资人来开产品介绍会的那一天，林总让我介绍产品，在介绍到关键数据的时候他突然插话，做了总结性发言。每当领导做“总结性”发言的时候，就会有忽视数据、忽悠大众的倾向。果然在他的总结性发言里，我辛辛苦苦花了五年时间取得的数据，被他说得天花乱坠、充满前景，给人一种马上可以用于临床治疗乳腺癌的感觉。我及时打断了他的臆想，着重强调了我的数据里显示的产品不确定性，维护了科研人员的操守和尊严。可以说林总是当场决定开除我的，但他等到介绍会结束后才让HR通知我。

HR说："刘东，你被公司优化了。"一开始我都没有听出来公司要开除我，还以为是林总欣赏我对科研的严谨，但又不想让我膨胀自大，于是就让HR含蓄地来表扬我。所以我也含蓄地对HR说："谢谢。"HR委婉地向我解释道："不是。我们得谢谢你在这八年里给公司做出的一切贡献。我会全力协助你完成离职手续。"

回家后，王艳安慰我说工作没了可以再找，让我很感动。

她说今后在职场上要圆滑一些。我说幸亏我在投资人面前说了实话，不然日后他们会认为我的工作水分太大。这时候她摔了盘子，而且是我刚洗过的盘子。她开始抱怨生活的不易，觉得她就是这个世界上最不幸的女人。我已经习惯了她在吵架时，把自己人生所有不幸的起点定在2010年8月10日，我们结婚的那天。还好她没有定在2009年10月30日，我们认识的那天。她否定了婚姻，但还没有否定爱情。话说回来，男子汉不应该计较这些感情上的细微变化。我把我的爱情交付给她，这点儿情感上的外伤算什么，忍一忍过去就好。

为了不让王艳担心，在新公司里我更加谨慎。为了阻止想法和声音外溢，我憋得更加头晕。没想到短短几天之内，我又面临被“优化”的处境，又要被王艳数落了……唉，想什么呢?!我这次是可以用“想法外溢”来保住工作的啊！想到这里，我突然感到心跳加快、嗓子发干，几乎是跑到了舞台旁边，找到了那个女脱口秀演员。

我怕脚步一旦慢下来，自己就会改主意。

天王在舞台上宣布：“刚才有个富子公司的员工好像出去写了几个段子，准备上台讲一下，大家掌声欢迎刘东！”听到自己的名字，我脑子一片空白，茫然地走上台，接过天王递来的麦克风，半天说不出话。观众开始嘀咕，我开始侧身往台下走。这时，那个女脱口秀演员跑过来，把我推回舞台中心。

我开始了人生中第一次脱口秀表演。

讲完之后，这个女脱口秀演员又开始笑着带动其他观众在台下鼓掌。

这时候，天王冲上台从我手里抢过话筒："恭喜刘东刚刚获得了一个月的工资！接下来请大家掌声欢迎下一位演员，杨更！"转身下台时，我和这个叫杨更的脱口秀演员擦肩而过。他是真的帅，连我都忍不住盯着看了一会儿。

下了台之后，我没敢回到原来的座位上和同事们坐在一起，径直走到了咖啡厅沙发区坐了下来，看着前方发呆。上一次这样发呆还是在两年前出车祸的时候，我坐在那里复盘到底发生了什么，感觉脑子像陷在泥里的轮胎一样，转得飞快，但车一点儿都没动。

"讲得不错啊，刘东。对了，我叫陆军。"那个女脱口秀演员坐到对面。我说："你好，陆军。"这时，我才意识到自己的声音和手都有些颤抖。我接着说："谢谢你的指点。讲实话，这是今年第一次真正感到开心。"陆军说："没错，脱口秀讲好了，有种腾云驾雾的感觉。"我说："想就地翻跟头。"

身上那种紧张和兴奋略微消退之后，开始觉得有些失落，我说："知道了我的经历，你肯定特别瞧不起我吧？"她说："得了吧。我三十了还没男朋友，总自己看电影挺不是滋味的。还听说单身的死后在墓地里会被单独埋起来。"我说："没事，你可以跟我和我老婆合葬。"陆军微微地眯起眼睛说："你的意思是我也就死后才能当一次小三儿？"我觉得自己又说错话了，马上把话题岔开："脱口秀演员里面没有你喜欢的？"她说："脱口秀演员里颜值及格的不多。"

舞台那边传来杨更引发的阵阵尖叫声。

陆军不由自主地往舞台方向看："但偶尔也有例外。"

我是一个彻头彻尾的理工男。有人问如何定义理工男，我的定义是看上去不喜欢女孩的钢铁直男，并且极其看不惯那种帅哥"小鲜肉"。杨更帅到什么地步呢？他自我介绍之后，我不由自主地看了他第二眼，而且看的时候都有些害羞，脸颊温度快速上升。真怕被他看出来。幸好陆军冲到他跟前，亮出她的港台腔："杨锅（哥）讲得猴（好）犀利哦！最近写了什么新段子？"

杨更认真地想了一下："哦，对了，我在写一些相亲的段子。"陆军大笑，连港台腔都忘了："哈哈哈！你相亲？这太逗了！哈哈哈！"杨更笑了笑说："我还没讲段子呢。"陆军略显尴尬："什么事被你一说就是逗！呵呵。"

笑坊俱乐部里很多的女粉丝都走过来和杨更合影。我对陆军说："你的情敌很多啊。"她说："是啊，还都那么漂亮！"她突然转过头来问我："你觉得我脸大吗？闺蜜说我脸大！"我往后退了几步说："得后退几步，要不然看不全你的脸！"陆军说："不开玩笑。你是过来人，对约会有什么建议吗？"我也认真起来："约会的时候真实点儿，以后大家能更接受对方一些。我就犯了这个错，追老婆的时候装得特别有男子汉气概，结婚后真相毕露，老婆觉得我不是个男人。"陆军想了想说："你不装根本找不到老婆，我也得装才能找到老公。这个梗不错，得记下来。”说完，她真的拿出手机开始记录。

王铜走过来对我说：“啊，你讲得不错！很棒很棒，再讲几次就可以商演了！”我说：“谢谢！真的吗？”他说：“真的真的！”我说：“这事儿你说了算吗？”他说：“我是笑坊的主理人，我说了算，哈哈哈！”

第二章

情人眼里出卓别林

我总结出一个规律：如果男人看到自己爱的女人向其他男人示好，他会马上觉得这个女人的颜值开始下降。比如，感觉她笑起来牙花子露得太多，鼻孔放大，面目可憎，一举一动都令人烦躁。陆军一副花痴样地看着台上杨更表演的时候，我觉得她真的很可爱、很逗，说明我不爱这个女孩。这让我觉得自己很对得起王艳。

大学时修过一门西方文化课。讲到绘画的时候，教授告诉我们，东方艺术讲究写意，西方艺术讲究写实。她举了个例子说："大家看看这幅油画，画得多真实。"记得画面上有几个男人面向左侧的几束光，这光好像是来自太阳或上帝什么的，他们右边则站着一个裸女。我想：这怎么会是真实的呢？如果几个哥们儿身后突然出现一个裸女，大家怎么也得瞄一眼吧。

从古典画派过渡到印象画派之后，教授介绍了一个叫德加的法国画家，他的名字用法文写作"Edgar Hilaire Germain de Gas"。看到这个名字我就想笑。"Gas"在英语里面有"屁"的意思，“Germain de Gas”是“德国屁”吗？德加画的芭蕾舞女非常出名，而且画得很“写意”。

没过多久，学校办演出，有一个节目是芭蕾舞《天鹅湖》。很多人提起芭蕾舞，就会想到《天鹅湖》，这大概是能把音乐和舞蹈结合得最完美的表演形式了。我看着在舞台上跳芭蕾的几个女生，发现其中一个好像拥有一种能让周围事物都消失的气场，让远处的我能将自己高度近视的眼睛聚焦到她的每一个动作细节上。舞蹈结束后，突然想到德加作品里面我最喜欢的，是一幅只有一位舞女的画。不过画上真的是只有一位舞女，还是只有一位让我注意到了呢？不太记得了。

我和几个同学排练了一个小合唱，没过一会儿就轮到我们去后台候场了。我注意到的那个舞者换回了便装，朝我这边走来。她周围的一切又消失了。我说：“跳得真好。”她说：“谢谢。”然后套上外衣，和我擦肩而过。她的出现让我觉得我们马上要表演的小合唱索然无味，仿佛她把我生活里的所有乐趣、小机灵、懊恼和感悟，一不小心都裹进自己的外衣里带走了。我站在那里，内心空空如也，回头看时，她已从后门离开。

回过神来，我问报幕员那个人是谁。她说是外语系的王艳，然后又说：“你们的节目是下一个，请做好准备。”我在报幕员的脸上看到了一丝不屑，好像在对空气传达一个信息：“就你这个德行还想追她？有这么不自量力的吗？”为了掩盖意图，我装出只是想和她随便聊聊的样子：“好啊，有些英语单词我就是搞不明白，比如……”报幕员看了我一眼，说：

“她是学法语的。”然后又把略带不屑的目光投向了右边的空气里。

大学头两年，我过得不是很快乐。表面上和大家嘻嘻哈哈，内心却充满了疑问，感觉一进入大学，父母就把我的人生交还给了我，这让我有些不知所措。我觉得书里面会有答案，毕竟人类文明发展了好几千年，能把DNA双螺旋结构、核聚变、黑洞这种匪夷所思的东西都想明白，肯定已经有人把人生的意义想明白了。

我啃了一些哲学书，比如康德的著作。康德的英文名字是Kant，英语听上去像是“can't”，意思是“不行”。过了一段时间，我觉得真的是不行，他的著作太难懂了。还是读尼采的作品让我更有感觉。尤其是在长春秋天的下午，看着金灿灿的树叶，脑子里回荡着尼采的那句：“像一缕青烟，孤独地在高空中求索。”然后把口中的烟慢慢吐出来。当时的我感觉自己悟到了很多，可把书放下，过段时间之后，那种感悟就暗淡了许多。

我觉得这样不行，我的计划是要找到一劳永逸的人生意义，让自己的余生不再去想这个问题。

叔本华认为人生是一个钟摆，在痛苦和无聊之间来回摆动。但无聊也是一种痛苦，所以人生是痛苦的。这个和佛教里“人生是苦海”的观点很像。佛教讲要一心念佛、心无杂念，痛苦就会消失。叔本华则根本不在乎如何让痛苦消失。这样看来，叔本华的哲学要比佛教的佛理更加“佛系”。

以萨特等人为代表的存在主义哲学，认为人生的意义就是要给自己的人生寻找意义。他们认为物体的意义一开始就是由人来指定的，比如一张桌子的意义就是让人在上面写字。但人一开始是没有意义的，需要自己后来去设定。妈的，快一个学期的探索都白费了！看了这么多的书，萨特先生告诉我要自己想办法。

也许人生的意义的确要自己去寻找、去定义，于是我给自己定义了一个人生的意义，但过了几天又忘了，还得再找或再定义。我一点点意识到，人生可能就是得每天都在生活里找到一些灵感或感悟，以此来激励自己。

我又涉猎了一些文学作品，读了一些诗歌，因为这些作品里可能对日常生活的感悟更多。那段时间，我整天泡在图书馆里，歌德诗歌里巧妙的美、拜伦和雪莱的激情、惠特曼的粗犷，我陶醉在这些作者奇幻美好的内心世界之中。图书馆里不让抽烟，但看起劲儿之后，我就犯烟瘾了，偷偷点上一根儿，放到桌子下面。有一次，图书馆里长桌另一头的桌面上破了个洞，烟从洞里冒出来，呛到了坐在那儿的同学。

但我读完之后，发现现实还是原封不动地在那里等着我：因为旷课太多，一个学期快过去了，我还是不会做高等数学题，英语老师还是不认识我，更糟糕的是我的生活费马上就要花完了。

我还发现，我看爱情小说或电影的时候会很不舒服，因为男主总是有一些出其不意的特长：画画、唱歌、收藏，或者是个王子。而且，他们总能在关键时刻用这些特长赢得女主的芳心。每当我看到这些桥段时，就会在心里骂娘，因为我没有任何拿得出手的特长。

于是，在下个学期我合上书，开始寻找自己的爱好和特长。我看着我那白花花、毫无肌肉的大腿，意识到必须要有一项擅长的体育活动，不惜从零开始培养。毕竟，也只能从零开始：中学的时候曾经把跳高变成了单杠——助跑之后抓住横杆想翻过去。大二的时候开始长跑，但却把长跑变成了短跑——跑一会儿就放弃了。踢足球的时候，我的精力都集中在分析球能够砸到身体的哪个部位，会有多疼，但我的分析一点儿都不准—— 一个球砸在我脸上，砸碎了眼镜，玻璃碎片把我的脸划破了。我坐在球场旁边，透过剩下的一块镜片看球，心想：我不适合玩比自己脸大的球，应该试试网球或者乒乓球之类的，相对安全些。

我和室友在他的电脑上看了很多场网球比赛，因为视力太差，我往往看不到球，就是看两个运动员在喝彩声中挥舞球拍，从喉咙深处发出“呃”的声音，也会觉得很酷。我自己对着墙练了几个月网球，所以多年后听到脱口秀演员米奇·赫德伯格[1]的段子：“我打网球的时候从来打不过墙。”特别感同身受。对着墙练球能够感到自己技术的提升，但不能体会到胜利

1　米奇·赫德伯格（Mitch Hedberg 1968—2005）：美国知名脱口秀演员，曾以超现实主义风格的一句话段子风靡美国。

的喜悦。有一天，一个女生走过来问：“能一起玩儿吗？”我不由自主地紧张起来，和她打了几回合，基本上打了个平手。她说：“得吃晚饭去了。”我这才注意到她一直用的是左手，就恭维了她一句：“听说左撇子都很聪明。”她说：“我不是左撇子，我就是拿你练练左手而已。”

学校会演的时候，我报名参加了一个合唱团，很认真地背歌词，研究乐谱，找没人的实验室角落或马路拐角打着拍子唱。唱歌很累，但躺在床上时脑子里回荡的韵律还是很让人陶醉。叔本华说得很在理儿：一切艺术都追求得到音乐状态。成段成段的文字给人的震撼，往往比不上几个音符。排练的时候我感觉有些人唱跑调了，于是用尽全力高声地把正确的音唱出来，那些走调的同学渐渐地跟着我唱。唱完之后，声乐老师对我说：“刘东，你小点儿声。”

后来我看了王艳跳的《天鹅湖》，对自己的“艺术追求”更加自惭形秽，开始从“多才多艺”向“术业有专攻”转型。

毕业后，我到了北京工作。

有一次，公司和投资圈儿的人在三里屯搞了一个小聚会。我对这类聚会向来是极其恐惧的，不理解它存在的意义：我们公司在做乳腺癌治疗药，你想投资就投，不想投就算了，为什么要浪费本来可以研究数据的时间来这里聚会？岂止是浪费时间，大家还要一起喝酒“爽”一下。我不明白为什么把酒精放到肚子里叫爽，酒精放在皮肤上挥发一下岂不是更爽吗?!我身体里缺少乙醛脱氢酶，不太能降解酒精。即便有这个酶，酒精对肝的危害，稍微读过点书的人都知道吧。

我对酒的恐惧是从童年开始的。小时候我们家总有亲戚来做客，他们有时候喝多了就睡在我家炕上，有个长辈还尿了炕。这都算好的。还有的大吵大闹劝我爸喝酒，我弟弟气得叫他们强盗。但是弟弟天真的愤怒成了他们的娱乐，他们劝得更来劲儿了。我们家亲戚里面有三个是喝酒喝死的，他们临死前最后一句话都是："为健康干杯！"当然，不是所有喝死的亲戚都是肝出了问题，有一个是冬天喝多了倒在回家路上被冻死了。所以后来我东北大部分的亲戚都搬到三亚去了。

公司聚会是一个社交恐惧和酒精过敏激烈碰撞的地方。我进餐厅之前已经开始恶心反胃，但看在要保住饭碗的份儿上，咬咬牙还是进去了。我平常去热闹的三里屯都尽量骑自行车，因为在那里开私家车纯粹是在给自己添堵的同时又给别人添堵。我把自行车停在一个超市门口，走进聚会的餐厅。

我看见一个精致漂亮的职场女性，就径直坐到了她对面，像着了魔一样对她说："我们之前见过吧？"她微微一笑："应该没有吧。""那你怎么证明我们没有见过面？"那天真是鬼使神差，我居然没有像往常一样在女性面前害羞，更没有口吃。她笑了，笑得让人愿意为之付出一切。她说："我叫Brianna，是绿松投资集团中国北部的负责人。"随后笑着递过她的名片，上面写着"Brianna Wang，王艳"。

后来王艳告诉我，她那天一直在笑，是因为我进来就一屁股坐在我们公司老总应该坐的位置上，大家都在给我使眼色，但我根本没有注意到，所以后脚到的老总只能坐到了靠桌角的位置。

我接着她的话说："吉林大学外语系法语专业，会跳芭蕾舞。"她的脸有些泛红。

我们有一句没一句地聊着，也偶尔和周围的人聊，但即便在和别人聊的时候，我眼睛的余光也完全停留在她身上。她一举杯我就喝，喝完了就拼命捋直了舌头和她聊。我得知她还会英语、荷兰语（因为在荷兰实习过）、滑雪，最近在练习击剑。妈的，这个世界怎么会有这么完美全能的女人?!我看着她的眼睛，脑子里只有一个想法：占有她的心。但毕竟北京藏龙卧虎，稍有些姿色的女孩会被多个有钱有颜又有才的男人看上，自卑的我甚至试图在她身上找一丝缺点，这样追她可能还会更容易些。

有了这个想法之后，我真想抽自己嘴巴："你个孬种！为一个完美的女人拼一次又怎么了?!"好像有人把枪顶在我后脑勺上逼着我往前冲一样，我开始不顾任何可能会产生的尴尬、误解、吵架，甚至拒绝，一直往前冲。我要了王艳的微信，还问她是怎么过来的，她说是坐她老板的车从公司过来的。我提出聚会结束后用车送她回家，她居然同意了。

走到我的自行车旁时，她都快笑岔气儿了，但还是上了自行车。我带着她骑了一段时间，两个人都沉默着，尤其是到了一段上坡的路，我得站在自行车脚踏板上用我的体重把脚踏板压下去。她说："我们可以走一会儿。"我说："没事儿，这是我最擅长的两项体育活动之一。"她问："那你另一项擅长的体育活动是什么？"我说："打水漂。"她笑了，我也跟着笑了。我一笑就泄了劲儿，自行车就慢了下来，我又拼命站起来蹬。突然，我听到"砰"的一声，自行车的车把手整个从车身上断掉了！

王艳一声惨叫摔在地上。我急忙下车问她怎么样了，拉她站起来。她的手纤细柔软却很有力量。她说没事，看到我手上的车把手，又弯腰大笑。我把自行车的两部分都丢进了路边的垃圾桶，和她一起走了一段路，聊了很多吉林大学的往事。我说："其实我们俩打过招呼，因为我们的合唱就在你的芭蕾舞后面。我记得你跳得有多好。"她说："为了芭蕾舞我也付出了很多，童年过得不是很快乐。"她开始转移话题，问我合唱效果怎么样。我说："我们合唱的效果也很好，因为我从来没有上过台。"

我们又聊了会儿生活在北京的艰难。我说我对北京没有任何感情，这里只存在竞争，到处都是学历高、能力强的。她说："你做得也不错啊！今晚都坐到你老板的位置上了。"我说："哪有你做得好啊。从坐老板的车到坐我的自行车，还出了车祸。"说到这儿，她突然检查了一下自己的包。我说："你丢什么东西了吗？"她说："我忘了按我老板的要求，把一本惠特曼的《草叶集》转交给你老板。"我说："《草叶集》是美国前总统克林顿搞婚外情的时候送给莱温斯基的诗集。"她说："幸好我没看。"

和她道别后，突然意识到自己已经有大半天没抽烟了。我点上烟，在街上不紧不慢地往住处走，感到胸口有股涌动的甜蜜。叔本华的钟摆在无聊和痛苦之间被蜜糖粘住了。人就是这样流动易变，一次偶遇就会改变自己苦心经营的世界观、人生观。这么多年一直生活在自己枯燥无趣的茧蛹里，和外界的沟通用的也大多是生物化学的术语。几个小时之内，这个小茧蛹就被那只跳芭蕾舞的脚尖儿捅破了。

第二天一早还有实验室的会要开，我强迫自己闭上眼睛，但此时的感觉就像是盯着太阳看久了，闭上眼睛眼皮底下还是一片光明，只不过这光明并不来自太阳，而来自内心的某处。

我失眠了。

第二天，我烦躁地熬过上午，在中午给王艳发了微信："我昨晚真的很开心。"

"我也是，哈哈哈。"

"摔的地方疼吗？"

"不疼，没事。"

"周六北京植物园对外开放，我想自己带个花去。"

"你还对植物感兴趣呢？你想带什么花去？"

"这花的学名叫Brianna。"

她没有再回复。

我开始骂自己，这是什么话？怎么配得上她？想把这段话撤回，但又怕她已经看到了，会觉得我不自信。我感觉自己盯着手机的样子，一定是赌徒盯着俄罗斯转盘里的骰子的样子。不断地提醒自己：自信点儿！男人点儿！一言九鼎！我把手机放进兜里，回到实验室继续做实验。

过了半个多小时，在等实验结果的时候，我掏出手机。王艳回复了三个大笑的表情包，然后说："这周六我和男朋友说好了去趟通州。"看到"男朋友"三个字，我感觉整个世界突然灰暗下来，王艳的脸在我脑子里突然变得面目可憎起来。

第三章

段子是怎样“泡”成的

我最开始喜欢咖啡是因为它的简单，咖啡的产地、做法、成分那几样，基本上都包含在名字里了。茶太讲究，产地、摘茶的节气时辰、茶叶上露水的情况、用什么水、怎么泡、泡几次、哪个名人或皇帝喜欢等，知道少了被人鄙视，知道多了费自己的钱。但慢慢地，我意识到咖啡里面也有很多讲究。有一次，一个客户来公司，品了一口我给他准备的咖啡说：“这个咖啡真好！”我说：“谢谢”。他又喝了一口说：“这咖啡不像外面星巴克、麦当劳卖的，一喝都一个味儿。这个的酸性和焦煳味都比较适中，说明烘焙很到位，是阿拉比卡还是哥伦比亚的咖啡豆？”我说：“是雀巢速溶咖啡。”

北京东城区的胡同早就不只是四合院儿和公共厕所的结合体，里面还有很多精致的咖啡厅、茶室、酒吧、餐吧、服装店、小吃店，等等。在五道营胡同里一个小咖啡馆的二楼，可以看到其他房子的灰色屋顶懒洋洋地晒着中午的阳光。我把卡布奇诺向嘴唇倾斜，透过上面的拉花抿了一口咖啡，开始逼自己读一个自己写的段子：

俗话说，人往高处走，水往低处流。可是我有时候觉得，大部分人都是往低处走的。回顾了一下，幼儿园的时候，我的梦想是当国家主席；上小学时的梦想是当市长；初中时觉得当个县长也不错；高中时觉得当个校长就行；大学时想着毕业后能留校当个科长也挺好。直到现在才知道，当个家长都是挺难的事情！

这段读起来费劲儿，主要是因为我们段子工作坊只来了两个脱口秀演员：我和陆军。

陆军坐在对面，连咖啡都不点，不耐烦地看着手机。

我耐着性子说："你看看这个怎么样？"

"嗯，不错。"她敷衍道，"但包袱不够强。"

她又捋了一下头发，看着桌面心不在焉地问："杨更怎么还不来啊？"

一点儿都不奇怪。那天在笑坊咖啡厅，我们提起搞个段子工作坊，大家一起打磨段子的时候，陆军没有什么反应。杨更说他也会来之后，陆军立马说她也要来。她的意图再明显不过了，但她这副没魂儿的样子，看着也真是不专业。

我看了眼手机说："哦，杨更说临时有事，来不了了。"

"那行，我们改天再过段子吧。"

"你一个段子都还没过呢。"

"我今天没心思。"

陆军在一个互联网大厂做文案，每天坐班和加班，中午能出来一趟确实不容易。她心情不好不只是因为杨更没有来，也是因为她觉得自己的脱口秀事业一直没有个明确的目标，也有一段时间没什么进步了。

她去年报名参加了王铜举办的脱口秀培训，结果到那儿一看就她一个学员。王铜为了提高俱乐部的收入，在演出票卖得不好的时候就办培训班，一个学员收两千九百九十八元学费。陆军去笑坊培训班那天，演出票突然卖光了，王铜无暇顾及陆军的培训，就让她上网把已有的脱口秀段子背下来。陆军看了一阵儿说："背完了，下一步是什么？"王铜说："帮我把观众席椅子摆好了，等演出开始你就上台讲。"陆军很气愤，要求把学费退回来。王铜说不能退。陆军说他这是欺诈，威胁要起诉他。王铜客气地笑着说："没有用的。公安局那边够三千块钱才立案！哈哈哈！"

王铜是一个小村子里来的，在北京学习过一段时间的相声，但仍保持了一口浓重的口音。他也上过一些综艺节目，比如《我逗乐了喜剧明星》和一些相亲节目，经常是作为被讽刺挖苦或灭灯的对象。他长着一张无辜的脸，见人点头哈腰、满面笑容，不论什么事情都满口答应，但背后却言而无信、唯利是图。他的俱乐部是北京唯一给抄袭演员上台机会的俱乐部，甚至鼓励演员可以通过抄袭达到更好的演出效果。北京一半的脱口秀演员都和他有瓜葛，很多人提起他气就不打一处来，包括陆军在内。

我想起在一本书里看到的段子创作技巧：八卦自己，聊自己的日常生活。我问陆军："你喜欢杨更？"她说："不关你事儿。"我说："为什么喜欢他？说不定这里面有段子呢。"她说："你看不出来他帅吗？他好香啊！"我是真的好奇："你为什么喜欢帅哥呢？很多其貌不扬的男人其实也很不错。"她像是泄露天机似的说："男人都是骗子，但至少他们的长相不骗人。"她说的还挺有道理，让我明白了为什么那么多女生痴迷小鲜肉，这和那么多男人痴迷大美女是一个道理。

陆军神色黯淡下来："我知道他想写好段子，但为了躲我宁可不来。"看她一副可怜相，我说："你太主动了。你得给人神秘感，这样男人才会追你。"她说："我这人特别神秘，一般都不告诉别人我的真实想法。"她的言外之意是她不在乎我，所以可以告诉我她的真实想法。我感觉有点受伤，回了她一句："你的意思是你爱撒谎？"

这话一出口，我担心陆军会不会感到被冒犯。但陆军的眼神显然不是被冒犯的眼神，而是"那你倒是给我想个别的办法啊"的眼神。可能是因为北京的生活节奏太紧，很多人没时间在乎感受，包括自己的感受。我说："还有个办法。男人喜欢挑战，当初追我老婆的时候，她已经有男朋友了，但我没放弃，拼了命追她。"

当年，我得知王艳已经有男朋友后，好几天都陷入绝望之中，像行尸一样，一边听音乐一边把工作对付完。失恋让我更加欣赏某些音乐，那些音乐也让我更加忧伤。当知道有些歌背后的故事后，我更加难过，比如陈百强的《偏偏喜欢你》。音乐不能让伤口愈合，我整天都感觉心在流血。翻开那次聚会后大家的合影，我看到她还是那样美。不，还是那样完美。我盯着看了半天，也找不出一点儿不喜欢她的地方，顿时感觉伤口上新装了一个泵，血流得更厉害了。

我请了一天假，躺在床上动弹不得。熬到第四天，悲哀和自怜突然转化成了愤怒，我给王艳打了个电话。她接了电话后，我劈头盖脸地说："你拿我当什么人了？开心就拿我玩玩儿，你的男朋友回来就把我蹬开?!你自我感觉怎么那么好啊？我还看不上你呢！"我说完后，对方半天没声儿，然后才说："刚才信号不好，你说什么了？"

她的声音真甜啊。

我说："哦，明天下班去朝阳公园玩玩儿？"她迟疑了一下说："明天？可以。"

第二天，我穿上了我第二潮的行头。我最潮的衣服是一条破洞牛仔裤，但秋裤外露的破洞牛仔裤那时应该没流行起来。反复照了照镜子，我想帅还是帅得起来的，先天不足的地方可以靠迷之自信来弥补。

是的，我开始模仿自己鄙视的那种自信帅气。此前我一直鄙视自信帅气，因为那是毫无根据的。一个人的智力比不过杨振宁，体育比不过李宁，外貌的标准又很主观，何来的自信帅气？我总感觉帅应该是对自己的一种无知，或是一种伪装，不真实。果然，人还是要逼一逼自己的，为了追她我不仅装出自信帅气的样子，而且暂时把烟也戒了。最后我还硬是把自己从一个内向木讷又无聊的理工男，变成了外向活泼但无聊的综艺节目主持人。

每次见面我们都笑个不停，约会一结束我立马点上烟、听摇滚。我不知道我们俩的结局会是怎样，但是每次和她约会都激动得久久不能平静下来。到了第二天，我发现自己有很多要和她说的话没说，或没说好，就拿出笔和纸给她写信。我每天或每隔一天就给她写一封信，觉得嘴笨可以用笔巧来弥补。

还记得有天晚上约会结束后，我送她回去。天上乌云密布，路灯的光也被散射成了光污染，但她眼睛里似乎有着无比洁净的月色星光。我情不自禁地吻了她，感觉接触的不光是她的嘴唇，更是她的全部。她没有拒绝。我们吻了好长时间，她轻轻把我推开，眼里有泪水。

我问："你怎么了？"

她说："我觉得对不起他。"

我说："他是谁？我和他聊聊。"

她说："不用，我自己处理。"

陆军显然对我的建议感兴趣，说："你的意思是，我得找个男朋友？"我说："对。你得让他看见有个男人在追你。"陆军眯起一只眼睛："一个够吗？"我认真地说："当然，多了更好。"她用拳头做了一个捶我的动作："我开玩笑呢！唉，那你能让你的朋友假装一下吗？”我也开玩笑地说：“我也没有男朋友啊！”

陆军翻了个白眼儿，意思是：你又讲烂段子了。有时候我想不明白，为什么很多人都把自己的单身朋友或者结了婚情感封存多年的朋友当成情感专家，可能是因为旁观者清。看着陆军六神无主的样子，我真觉得她有可能恋爱和脱口秀都弄不明白。我说：“即使没有男朋友也得play hard to get。Hard to get，你知道吗？”她问：“Hard to get？”我说：“对。意思就是矜持一些，装作很难追到的样子。然后我再告诉他追你的男孩子特别多。”

我瞟了一眼电脑上的时间，心想我们打磨段子的时间不多了，就说：“我明白。你来这儿就是为了和杨更见面，但是……”陆军有些不高兴：“说得好像你来这儿不是为了和我见面似的。”我急忙辩解：“是。但我和你见面是为了把段子写好。”她愤愤地说：“你一个已婚中年大叔和一个单身女孩聊天，还冠冕堂皇的，恶心。”

她这可能是气话，但戳到了我的痛处。现在的已婚中年大叔，干什么都让人觉得不对劲儿，事业上往往也是一地鸡毛。今年丢了工作之后，一看招聘广告，上面往往清清楚楚地写着：三十五岁以下。曾经抱怨工作要命，现在看来我那是自作多情，人家只想要我一半的命——三十五岁之前的那一半。

讲脱口秀的也绝大多数是在校学生或者刚毕业不久的，很多人看我的眼神就是那种看loser的眼神，对待我的态度和对待前车之鉴是一样的：知道就行了，没必要在一起混。至于个人生活，怎么说呢？已婚中年男注重感情是矫情，不注重感情是无趣。所以中年大叔对个人生活的态度是，死一边儿去！但你真去死的话，那是不负责任，毕竟上有老下有小，你一死了之算怎么回事儿呢？

我一开始并不想要孩子，觉得这个世界上已经有七十多亿人了，再多一个又能怎样？而且我觉得孩子很难搞，很容易就会因为什么事情哭闹起来。但有了松松之后我变得特别喜欢孩子，想成为和松松每天一起开心玩乐的朋友。但我又有做父亲的责任，怕他太拿我当朋友后不听我的话，还得时不时严厉地管教他。即使这样，王艳依然在数落我管孩子管得太松了。

王艳从小就要强，各方面都表现得很突出，家长和老师都宠着她，甚至让她三分。在现在这个家里，我自认为大部分事情都是让着她的。有人说婚姻是爱情的坟墓，其实没有那么安宁。婚姻是一场持久的、无法准备的拉锯肉搏战，从睁眼到闭眼都能看见对方，对方也能看见你，你根本没有时间掩饰自己的瑕疵，整顿自己的身心。通过长时间的接触试探，我的策略已经从“让她从我的角度看问题”变成“从她的角度看问题”，又变成“尽量不表达自己的想法”，直到现在的“全力以赴避免吵架”。因为我早已发现，吵架的时候基本上都是她赢我输，就算偶尔她输了，其实也是我输了，因为之后我会为之付出更大的精神代价。

有一次，我们俩大吵一架后，松松对我叹了口气说：“这日子怎么过啊？”我开始担心他这么小就开始对婚姻感到恐惧，该怎么办呢？我曾经有过的担心是自己都没活明白，要怎么去教育孩子。好长一段时间，我暗自庆幸孩子还不大懂事，不知道他爸活成了今天这副德行。直到有一天，松松有道题不会做，帮他解了之后，他高兴地说：“爸你挺聪明的，不明白为什么妈总说你傻。”这话让我沉思了一会儿，王艳怎么能和儿子这么说我呢？但她和儿子说真心话，其实无可厚非。我当然也知趣，没有问王艳为什么她要背着我在儿子面前说这种话，毕竟弄不好还有可能吵一架。

究竟是从什么时候开始，我在她心目中的形象从一个白马王子变成了一个傻子呢？这个真无法确定。我第一次察觉到她的变化，是在有次怀旧聊到“石头剪刀布”事件的时候。

这个事件的来龙去脉是这样的：多年前，我们俩一起回我老家，她因为一件琐事和市场里一个卖西瓜的大妈拌了两句嘴。这时不知道从哪儿跑出来一个小伙子，冲着王艳说：“你个外地人，别以为自己了不起。”我赶忙站出来帮王艳说话，指着他道：“你别欺负人！”他朝我脸上就是一拳，我立即还手，拳脚相加一阵子之后，他把我撂倒在地上，回头又在地上找到一块大石头，捡起来就要往我头上砸。王艳拼命抱住他的腿，不让他走向前砸我。周围的人都赶过来劝，那个小伙子最终把石头放下离开了。回到爸妈家，我发现自己的脸上和额头上都出了一些血。我妈剪了些纱布裹在我额头上。这就是震惊我们家的“石头剪刀布”事件。

结婚后好长一段时间，她回忆起这件事的时候，都会和我总结说：“从那以后，我觉得不管出了什么事儿，你都会站出来保护我。”但两年前我们又提及这事儿的时候，她的结论却变成了：“你们老家的人真野蛮，幸亏我把他拉住了。”突然感觉我在她心中的形象，已经从一个英雄救美的骑士变成了一个来自穷乡僻壤的野蛮人。“石头剪刀布”事件的性质在她的脑海里，也从一个我保护她的故事变成了她勇敢地阻止了两个野蛮人互殴的故事。

一天，松松突然问我：“爸爸，你怎么没有朋友？”儿子的话总是出其不意地正确。我深谙人生丧友三部曲是“恋爱、结婚、生孩子”，但现在和他分享这个知识点还为时过早。我说：“你就是我最好的朋友。”松松不说话了，我开始后悔不该这样回答。松松其实很敏感，他心里最好的朋友是他同学马力，但可能又觉得没有把我当作最好的朋友有些对不住我。我倒是没什么，因为我从来都不是我最好的朋友的最好的朋友。

但其实真相也许是，我担心“你就是我最好的朋友”这句话会让松松听起来觉得有些不可思议：那你平时怎么会那样批评你最好的朋友呢？是的，我一直担心儿子再长大点儿以后就不想拿我当朋友了，觉得爸爸这个朋友傻，啥也不是，连怎么正确对待朋友都不知道。

那天，我在笑坊俱乐部舞台上讲了一段脱口秀，找到了一种久违的感觉：存在感。在大家的笑声里，我的缺点、渺小和痛苦得到了认同，我的人生好像也得到了认同。

我从书里看到，笑话或者段子是由铺垫和包袱组成的。铺垫就是讲个话题，最好是大家熟悉的，然后再用个反转或夸张之类的办法逗大家笑，让大家笑的那句话就是包袱或者梗。制造包袱有二十多种方法，很多脱口秀演员和喜剧演员要磨炼多年才能形成自己的风格。这让我大开眼界，因为我之前一直以为喜剧演员是天生的。这种想法其实很奇怪，怎么会有人天生就那么逗呢？难道金·凯瑞[1]刚一出生就会甩头露出一口大牙，把产科医生逗得前仰后合？

能够让人感觉幽默是天生的是喜剧很高的境界，说明这个演员的演技已经达到炉火纯青的境界。相反，在我演出之后，一些热心的观众则总会对我说："别把正式工作辞了。"

尽管刚入行，大家对我的段子也是褒贬不一，但创作段子的过程已经让我无趣的生活逐渐变得可以接受。我开始不怕甚至欢迎生活的暴击，因为这些都可以成为段子素材。

很不幸，我对脱口秀的热情在段子工作坊被喷成了"泡女孩"。我索性对陆军挑明说："我对你可是一点儿非分之想都没有啊！你看我混成这样，连对我老婆的非分之想都不再敢有了。"话一出口我心想：嗯，这个段子可能还不错，下次上台

1　金·凯瑞（Jim Carrey）：著名加拿大裔美籍喜剧演员，代表作有《楚门的世界》《阿呆与阿瓜》等。

试试。陆军微微一笑："男人刚开始都这么说。"我向她发誓："即使是海枯石烂，我对你也不会有任何感情！"她笑道："你又讲段子了。"我解释说："说真的，我从没追过同学或同事。我很自卑，总觉得经常看见我的人会注意到我的缺点，不会喜欢上我。"她点点头："你人很好，但缺点也很明显。"

我有些担心了，我们刚认识不长时间啊。我说："你都看出什么缺点来了？"她想了想，开始敷衍我："你别太认真，我就是心情不是很好，不知道为什么追我的人都一般般，好的我也追不上。"

我突然想到一个PUA陆军、让她聊段子的办法。我向陆军透露："杨更好像很喜欢会写段子搞笑的人，我们一起把段子打磨好了，那杨更喜欢你的概率不就增加了吗？"没想到这句话戳到了陆军的痛处。她愤愤地说："男生一点儿都不喜欢幽默的女生好不好！每次演出，男演员如果讲爆了就有女观众加他的微信，但女演员讲爆了并没有男观众加我们的微信！你知道为什么吗？你当然不知道。那是因为男的怕女脱口秀演员把他俩的事儿在舞台上说出去。"我说："那女生就不怕男朋友把他俩的事儿在舞台上讲出来吗？"

她突然起身告辞去公司开会了。我接着喝了一会儿卡布奇诺，复盘了我的第一个段子，想再打磨一下，可惜什么也没有打磨出来。我就是在那里影响她对杨更的期待，加重她对自己生活状况的不满。杨更也够不靠谱的，来不了也不事先打个招呼。但即使杨更来了我也是个灯泡，照亮陆军打磨泡杨更的工艺。我已经比别人晚起步好多年，这些年轻的脱口秀演员还有时间和机会，我一分钟都浪费不起，以后不能再约人一起写段子了，有些枯燥还是得自己扛过来。

脱口秀技巧书里面有句话：“Writing is re-writing。”写作就是重写，意思是要反复修改。我打开笔记本电脑开始把写过的段子一个个再过一遍。尽管我开始喜欢喝咖啡，但写段子可能更像泡茶——第一泡不一定最好。

第四章

最后通牒

好多事情都是从我第一次在方家胡同讲脱口秀后开始的。

那天晚上我回家，换上拖鞋打开客厅灯，发现王艳穿着睡袍坐在沙发上。她拿着手机说："怎么这么晚才回来啊？"我察觉到她语气里有一丝不愉快，但不知道怎么回答她才对。我说："嗯。"

我本来就不想参加公司团建，是她要求我去——在团建中成长。她总是觉得我在公司混不下去是因为我没长大，不会说话，不会做人。我不认同她的说法，但看到儿子交不起两万元的模型课学费，不能和同学一起去玩儿时失望的表情，我也觉得自己应该去参加团建改变一下，希望有一天能变成自己讨厌的那种八面玲珑的有钱人。我也搞不懂为什么王艳要把松松送去昂贵的私立学校读书，在那里他同学的爸妈经常隔一年就会给孩子换个手机。我和松松解释说："节约是美德。"他好奇地问："那马力的妈妈缺德吗？"

我出门参加团建，走到楼下的时候，看到松松的小脸贴在三楼的窗户上目送我，感到既悲凉又鼓舞。我的胳膊似乎还保存着两岁的他被我抱着时的感觉，那双明亮的眼睛始终好奇地看着周围正在发芽的树枝。一切都过得那么快，那时候的我还是松松探索世界的发射基地，现在七岁的他却已经在高处看着地面上的我了。

王艳接着说："你累了吧？"我按捺住之前的兴奋说："一点儿都不累，趁还没老得不能动弹，多干点儿，呵呵。"王艳说："干得这么起劲儿，是不是和这个女的？"这话让我一激灵。王艳拿出手机，给我看我和一个女人的合影，但女人的脸被她的手指头遮住了。我问："这是哪个？"王艳提高了嗓音："哪个？你看着挺老实可怜没出息的，居然还有几个？"我在想：今天晚上演出结束后拍了一堆的合影，这是谁呢？王艳继续说："你数完了没?!这是怎么回事？"她松开拇指，照片上在我旁边的是陆军。

演出结束后，热力猫俱乐部的咖啡区突然热闹了起来。冯昊带着员工进来，看见我和陆军站在一起，就给我们拍了个合影。普拉达羞答答地问杨更能不能两个人自拍一下。她在自拍的时候手都在发抖，无奈只能让我帮他俩拍。接过她手机的时候，我发现她的手心甚至在冒汗。之后他俩互相加了微信。

在这里看到同事还是很别扭，我依然不喜欢团建。同事在我的概念里只是存在于公司里，同事就是公司的一部分，顺理成章，大家客客气气，通过生物化学术语来聊一些和情感完全剥离的事情。在脱口秀俱乐部里和同事聚首的尴尬指数简直爆棚，完全超过了在餐馆或是街上偶遇，因为偶遇可以草草收场，在这里还不好意思直接离开。我就在那儿面带微笑地熬着，根本不想再待下去。最后冯昊总算说了一句："谢谢大家今天团建的表现，也不早了，我就简单说两句。"大家聚拢在冯昊的身边听他说话，我利用身高的优势从后面溜了出来。

看到是陆军后，我松了口气，和王艳解释说照片里的是个脱口秀演员。王艳说："你知道我在冯凡的朋友圈里看到这张照片是什么感受吗？"王艳看冯凡的朋友圈让我着实恼火，当然这个恼火程度远不如那次她在我们结婚纪念日请冯凡过来。

这里交代一下，冯凡就是我追王艳时，她正在交往的男朋友。他是个离了婚的高富帅，但因为创业经常出差不在北京，被我乘虚而入了。我被优化之后，在家里待了好几个月找工作，多的是时间做菜，害得王艳都要吃吐了。结婚纪念日那天，我想让她换换口味，订了一桌西餐，想给她个惊喜。没想到她受不了我找不到工作这件事儿，直接让冯凡来面试我了。我不知道冯凡当时心里是怎么想的，是想见见当年的情敌，还是只想帮一下当年的恋人？

冯凡一进来就和王艳握手："这么多年你一点儿都没变，还是那么漂亮！"我心想：真他妈会说话！王艳笑着说："你还是那么会说话。"不愧是夫妻，想得差不多。

我们一起吃了些东西。冯凡举止得体，说话很有老板风度。我没有察觉出他对我和王艳有任何嘲讽或贬低之意，直到他说："王艳和我联系了，关于你的工作的事儿……"这是他当我们的面捅的第一刀：是看在你老婆面子上才给你这份工作的。王艳看出我的不爽，但把我的不爽用眼神瞪了下去。我只好说："谢谢冯……总！"冯凡说："什么总不总的，咱们私下别这么叫！你下周一就来公司上班吧。"这是第二刀：私下别叫我冯总，但公司里得管我叫冯总！

周一，我到了冯凡开的专门做亲子鉴定的富子生物技术公司，发现就职的部门不是直接向冯凡报告的，而是在他和他前妻的儿子冯昊的部门里给我安排了一个实验员的职位。这是第三刀，这一刀也是捅向王艳的：这公司本来可以是你的，但现在你老公得在我儿子手下工作。

我有时候真恨自己，为什么要让冯凡这样对待我？我去冯昊部门的时候真想说："去你妈的，老子不干！"我后悔当时没有立马离开，可能是因为冯昊和普拉达对我还算热情，那个部门也确实急需一个懂业务的。毕竟，普拉达甚至认为DNA是个名牌包包。

令人羞愧的是，那时候我内心的阿Q精神发挥作用了：冯凡有什么了不起的？老子是王艳的正房，你冯凡连个偏房都不是，也就是个备胎！

王艳继续追问："你说啊！你不哄孩子睡觉也不挣钱，晚上去酒吧和演员鬼混！这么大人了不知道检点一点儿？我让你去团建不是让你去放纵，是让你学会体面的职场社交！"不知道为什么，今晚她骂我的时候面颊红润、微微冒汗，在柔和的灯光下显得很是漂亮。

我说："团建的时候没想要放纵，不过现在想了。"我一把把她抱起来走进卧室，她的表情从愤怒转为疑惑。我把她放到床上，开始吻她。她说："你这是怎么了？"我说："松松可以上模型课了。"

一场脱口秀讲"炸场"之后，我的心情好几天都很激动，感觉才思泉涌，看什么都有意思，都可以写成段子。我像着了魔一样研究段子，还看了国内外的诸多脱口秀视频，很多人的段子都让我捧腹大笑，也有很多人的段子让我"脑洞"变大。比如有个叫史蒂夫·赖特的，号称是one-liner（短笑话）的鼻祖，至今极少人能超越。

他的一个让我拍案叫绝的段子是："有一天，我发现公寓里所有的东西都被人偷了，并且换成了一模一样的复制品。我喊室友出来，对他说：'你看！这里所有的东西都是一模一样的复制品！你怎么想的？'他说：'我们不认识吧？'"我还得反应一下才发现：哦，他的室友也是个复制品！还有一个是："我买了一些用过的油漆，它的形状是个房子。"这个也得琢磨一下：原来他说的是已经刷到墙上的用过的油漆！

到公司后，我发现大家好像比我还激动，总让我给他们讲一段儿。这大概是所有脱口秀演员的困扰：周围的人总想让你"来一段儿"。我只好说这是工作时间，讲段子不合适。我的段子得去剧场听才有点儿意思。还有人管我要演出票，我说：

“这样吧，我给你们一人一百块钱，你们自己去买吧。”大伙儿哈哈大笑，还在那儿坚持：“来一段儿！”

冯凡走进了实验室，大家突然安静下来。我从来没有这么高兴能见到冯凡，大老板来了，看谁还敢开玩笑或者让我讲段子？冯凡说：“大家聊什么呢？”一个同事说：“冯总啊，刘东死活不肯给我们讲段子。”冯凡对这个同事说：“那你开个头吧！”这个同事就说：“嗯……有个化学段子。你的镁，夺走了我的锌。”大家笑了笑。冯凡说：“我也有一个。相亲的时候女生说：‘你家无线路由器的质量怎么样？’男的说：‘挺好啊，我在家每个地方信号都满格。’女生说：‘不好意思啊，你房子太小了，我们不适合。’”大家笑了起来。

突然，我心生嫉妒，脱口而出：“这个段子不错，不过这些都是网上的段子，我讲的是原创的段子。”冯凡看着其他同事说：“哦，刘东的意思是我们的段子不好，他要讲一个自己的，那就来一个吧？”我马上开始后悔，这一切太违和了。我说：“冯总，在这儿讲段子，不合适吧？”冯凡坚持说：“没事，我刚才都讲了。”

我讲了一个刚写的段子：“如果在车祸中丧生的话，我希望能和一辆水泥搅拌车撞到一起，这样死后马上就会有我的一尊雕像。”讲完后只有普拉达哈哈大笑。冯凡看了普拉达一眼，她马上不笑了。冯凡用总结的口气说：“嗯，挺好的。还有其他段子吗？”我说：“没了。”他这才让大家回去工作。

冯凡离开后，普拉达拿起她桌上一个毛茸茸的粉色泰迪熊说："刘博士，送您这个，祝贺您演出成功！"我谢谢她，并在那一刻突然觉得，这个每天大部分时间都在摆pose自拍的女孩，好像没有那么肤浅了。

过了几天，见到杨更的时候，他向我打听普拉达这个女孩怎么样，我说了一大堆好话。杨更说："太好了，我们俩那个了，呵呵。"看吧，我早就说过了，普拉达其实很聪明。

在家吃完晚饭，我匆匆把碗洗完，把憋了好几天的话说了出来："我今晚去演出一下。"王艳的脸色突变，让松松进屋去。松松对我小声说："你多保重吧。"然后回到自己的房间。王艳把房门关上，才转过头来对我说："你怎么又去演脱口秀了？我嫁的是一个科学家，一个博士，不是一个脱口秀演员。"我说："我真挺喜欢脱口秀的。我一直欣赏的一句话就是：做自己喜欢的事情，你一辈子都不用工作。"

"你不用工作，让我养活你啊！"

"不对，是拿自己喜欢的事当工作的意思。"

"但你干脱口秀有收入吗？"

"目前没有。不过，李安的老婆养了他六年，现在李安就可以养她了。"

"你真不要脸，人家李安是天才啊！你怎么能和他比！你话都说不明白，就别在舞台上丢人了。"

"不花些时间试试，也不知道啊。"

"我太了解你了。刘东，你是个老实人，但也真是无趣，这不怪你。你是学理科的，你知道北京文科生的口才有多好吗？我就认识三个国际辩论比赛里拿过名次的。你要是能把脱口秀讲出名堂，我把我脑袋砍下来！”

“我这不是已经答应人家今晚去演出了嘛。”

“在哪里？”

“方家胡同46号，已经有点儿晚了。”

我最想说的一句话其实是“别生气啊”，但又怕说了她会觉得我是在指责她易怒，从而变得更加生气。

我只好默默地从她不悦的磁场里开足马力逃离出来。

到笑坊已经是7:40了，但7:30的演出还没开始，因为只有三个观众。陆军和天王就坐在咖啡区玩手机。我问他俩王铜去哪儿了，陆军说王铜在三里屯开了个新场地，去那边忙了。也可能是我的心情烦躁，觉得他俩今晚都面目可憎。陆军一看就是一天都没洗脸没梳头，也可能不止一天。至于天王，他嘴角上还有吃剩的饭粒。陆军向我道歉，说那天在咖啡馆里自己心情不好。我说没事，心想以后不一起创作就没事儿。

王铜突然给我发了个短信：“刘东刘东，在吗在吗？你赶紧去街上拉些观众！”我把这个短信给陆军和天王看，他俩摇头苦笑：“我去！怎么能把脱口秀做到这么low啊！”我坐了一会儿，开始感觉王艳的那句“你真不要脸，人家李安是天才啊！你怎么能和他比！”沉重地压在我的大脑上，让我痛苦不堪。我忍不住站起来，走到胡同里开始拉客。

“大哥进来乐和乐和呗！脱口秀演出哈！”

“美女进来玩儿玩儿呗！脱口秀演出咯！”

很多人都绕开我走，远处好像还有人掉头往反方向走。脱口秀这么不受待见吗？为了躲避脱口秀不惜改变自己的行进方向？有个女孩问：“谁讲啊？”我说：“我。”她说：“那你就在这儿给我讲个段子试试？”我说：“你以为这是沃尔玛试吃吗？”她笑了笑，决定进去看看。陆军和天王吃惊地看到我竟然拉来了一个顾客，也开始跟着吆喝起来。

如果年轻时的我穿越到现在，看到这个发传单的人一定也会很吃惊。脱口秀创作技巧里很重要的一点是反向思维，但在生活里反向思维同样也很重要，也许会给你开辟一个新的路径。如果按照我原来的思维和行为模式活得憋屈的话，就干脆做相反的事情，比如平板支撑十分钟很难，但反向平板支撑要多久都可以；比如原来我害羞内向，现在我就外向厚脸皮。

在这个强大信念的支撑下，我们拉了一个观众，正要打电话问王铜是不是要取消演出的时候，王铜带着五十多个观众出现了。原来王铜在三里屯的演出场地要收他30%的票房，王铜一算计，反正热力猫的演出没什么观众，干脆不给三里屯的场地一分钱，把观众都带到热力猫来了。脱口秀的观众是真好啊，他们也没怎么抱怨，直接骑着共享单车或者打车到了方家胡同。

这么一折腾后，演出一开始就很火热，天王的主持效果也很好。我被排在第一个上场。天王说：“今晚上台的第一位演员是一个很新的老演员，或者是很老的新演员。真的，他岁数大，所以他的演出是看一场少一场！大家欢迎刘东！”

我不是很喜欢他的这种介绍，又不是《吐槽大会》，干吗这时候就开怼？但我也无暇计较，毕竟其他俱乐部一看年龄根本就不让我上台。我讲了第一次上台时讲的段子，但观众反应很一般。我意识到第一次讲那些内容效果好的原因，是台下就坐着我在吐槽的同事和领导。今晚大家对我的工作环境不熟悉，就没有那么强的现场感了。但我还是坚持把那个在老婆前男友公司工作的段子讲完，即便现场的安静像一只无形的手掐在我脖子上，让我感觉呼吸困难。

天王已经在一旁晃手机示意我下台，我情急之下开始讲刚写的几个包袱：“我岳父听说我讲脱口秀了，见面了非要我讲一段儿。我说其实我在台下不讲段子，连话都不大会说。他说没事儿，说点儿啥都行！我就硬着头皮说：‘我有一个温柔体贴、善解人意的老婆。’我岳父说：‘哈哈哈！这个段子太逗了！’”台下的观众终于笑了起来。我继续说：“结婚压力是很大的。你们知道北京的离婚率是多少吗？大约50%！这个数字可把我吓坏了，天啊，一半的婚姻都得永远持续下去啊！”观众开始大面积地笑和鼓掌之后，我说了句“谢谢大家”就下台了。

王铜在后台很开心，笑眯眯地对我说：“很棒很棒！你可以上商演了！”我说：“谢谢，我需要准备什么？”他说：“没什么，我现在忙，你问陆军就行。”

演出结束后，我和陆军帮忙把椅子折好收起来，然后一起往地铁站走。她告诉我王铜的商演大多是拼盘，四到五个演员每人讲二十分钟左右。我觉得这个机会很好，但陆军警告说："因为王铜用抄袭演员，现在北京其他俱乐部都在抵制他，如果你在王铜这儿商演，可能会上其他俱乐部的黑名单。"

我说："我不怕这个，我这个岁数人家都不要。我去过另一家俱乐部，等了一晚上也没能上去讲，都是些年轻的演员对我说'我得先上''我在赶场'。"对新演员来讲，赶场是个很牛的事儿，说明演出机会多、受欢迎。这些演员一直排在前面，直到演出结束我都没能上台去讲。那时我想：脱口秀演员英语是stand-up comedian（站立喜剧演员），我倒更像是stand-by comedian（站在旁边等着的喜剧演员）。陆军听我说stand-by comedian就笑出了声。我们从胡同走到雍和宫大街，看到一个女人的身影站在那儿。我说："王艳？"

王艳晚上和我吵了两句后觉得有些过意不去，正好那段时间她爸妈来北京玩儿，她就让她爸妈看着松松，自己来笑坊看演出。如果我知道她要来，我是绝对不敢讲那些关于我和她的婚姻、她前男友还有她爸的段子的。她气得不行，演出结束后又碍于面子不想在俱乐部认我，就站在胡同口等。

我想把她介绍给陆军，但她扭头快步走开了。我赶紧去追王艳。追上后，她说："你怎么又和她在一起？"我说："我就是问她一些脱口秀的事儿。"王艳说："那你怎么不和我说这些事儿，还和她有说有笑的?!现在你什么都别说，回家再说。"我们俩一路沉默，我好像又回到小时候开完家长会和爸妈一起回家的时候。

回到家后，王艳坐在沙发上说："我不想再和你吵了。你现在给我说个明白，是选择我，还是选择脱口秀？"这个问题太重了。我坐到她身旁，挤出笑脸开始哄她："我……你说我就是晚上出去讲讲脱口秀，也没出轨……"

"你想得美，就你那样儿还能出轨！太可笑了！"王艳冷笑了一下。我按照惯例，不吭声，让她的攻击在我体内慢慢消化。她接着数落："你都快四十了，怎么还和这些底层小演员混在一起，讲那些没品位的笑话?!我怎么想无所谓，其他人会怎么想你知道吗？"我说："正因为我已经快四十了，我真的没时间在乎别人说什么了。"

她眯起眼睛，又开始讲她为我做出的种种牺牲和她人生的种种痛苦，控诉这些痛苦都是和我结婚后才开始的。"其实你没那么苦。"我是这么想的，这句话一直挂在嘴边，但我也知道这话一旦说出口，就是游戏结束。

我强装笑脸对她说："唉，都一起这么多年了，就这么将就着吧。"她突然吼道："我不想将就了！你现在就给我说明白，你是要我，还是要脱口秀？"

我沉默了好长时间，有些哽咽地说："我爱你，但我也不想要一个不让我做脱口秀的老婆。"王艳突然大笑起来："我不让你做脱口秀？你还是个男人吗？一点儿主见都没有！"我感到呼吸困难，有个东西要在胸口爆发。

她接着说："我是不让你浪费时间，不让你丢人！我今晚看了你讲的，你没那个本事！”她这句话像短跑比赛的发令枪声一样，我立刻站了起来，想在客厅里找件东西摔摔。我走了几步想让自己平静下来，但最后还是没忍住，直接举起我的双肩包朝地板砸了下去。

她也站了起来：“那你给我滚出这个家！”

第五章

一次假商演

那天晚上，可以说是英语里面的“watershed moment”，标准中文翻译叫“分水岭”，但是“watershed”还有另一个含义，就是一发不可收，水到绝处是瀑布。

那天晚上，我把背包摔了之后，第一个反应就是：坏了，电脑在包里！工作内容、写好的段子、积累的素材、经典脱口秀视频、电子书等，在那一瞬间全消失了。

王艳让我滚出去的时候，我脑子里的想法突然简单了：要反着活！

从家里出来，我在工作群里发了一条微信：“辞职。”然后立刻退群，习惯性地朝方家胡同走过去。

我在哲学里寻找过人生的意义，在科学里寻找生命的物质基础，但这两者没有真正给我人生意义。倒是有这样一个段子：一个牧师回家，看见卧室里烟雾缭绕，老婆在床上一副满足的表情。他打开窗户，看见神父抽着烟从楼里走出去，牧师一气之下把家里的冰箱推下楼把神父砸死，然后自己也跳楼自杀了。死后上帝问牧师为什么来这里。牧师说因为杀了神父所以自杀了。上帝问神父为什么来这里。神父说他什么也没做，在大街上抽着烟走路，就被冰箱砸死了。上帝再问旁边的一个拉比（犹太教神父）为什么来这里。拉比说他什么也没做，好好地待在冰箱里就被人扔到楼下了。

这个段子在好笑的同时有几层含义：有人无辜，有人犯了罪（伦理学上的罪），有人无意之中犯了罪。但三个人有同样的结局：死亡。这个世界也是这样：有特蕾莎[1]修女那样的圣人，也有杀人狂魔希特勒，更有无数在两者之间的人。但所有人都有一个共同的结局：死亡。

这难道不是人生最大的笑话吗？生命就是个段子。生命的意义可能就在于它是一个宏大的段子，我们可以在这个大段子里面寻找、构建许多小段子。很多人说我们这个时代浮躁，出不了哲学家和诗人，但我觉得脱口秀演员就是这个时代的哲学家和诗人。脱口秀给了我们机会，去讲人生的真实感受和想法，让人边笑边思考。脱口秀是在赋予人生意义。

中国脱口秀圈里则流行一句话：喜剧的内核是悲剧。后来听说，美国脱口秀圈里也流行一句类似的话：喜剧就是悲剧加上时间。我倒是觉得悲剧就是喜剧。一件事情发生的时候，既是悲剧也是喜剧，看你怎么看待它，怎么加工它。“喜剧的内

---

1 特蕾莎（Blessed Teresa of Calcutta，1910—1997）：天主教慈善工作者，一生致力于救助穷苦人民，于1979年获得诺贝尔和平奖。

核是悲剧”或者“喜剧就是悲剧加上时间”，这些话的言外之意是悲剧在先，你得加工成喜剧。其实悲剧也是要从现实发生的事情里加工出来的，而现实事件是无数微观粒子和能量互动后产生的宏观现象，本身是没有情感定义的。任何事情，包括生死，发生的时候你都可以决定让它成为喜剧还是悲剧，你自己可以选择是笑还是哭。

对于刚才发生的事情，我决定选择笑。

“你怎么有眼泪啊？是不是刚哭过？”陆军的声音把我带回到现实。不知不觉我已经走到了热力猫酒吧。我说：“你怎么还在这儿？”她露出一副八卦的嘴脸：“让我们来回顾一下刚才发生了什么。你看见个女的就把我甩了，忘啦？”我叹了口气说：“那是我老婆，回家后，她把我赶出来了。”话一出口，我就意识到自己在说废话，肯定是回家后才能把我赶出来啊，没回家的话那叫把我拒之门外。

陆军开导我说：“一般女人让男人滚，是想让他乞求自己留下来，你得哄她。”我不耐烦地说：“那招以前试过了。”我本不想和她浪费时间瞎聊，但还是情不自禁地把家里发生的事儿原原本本和她说了。

陆军点点头：“我理解她，嫂子是想安安稳稳过日子。你这种老公看着挺好的，但总想干点什么不一样的，时间长了肯定谁都受不了。”我打断她说：“你怎么帮她说话？你都没见过她！”她急忙从另一个角度讲：“其实这也是好事。你这个人磨叽，这下她给你做出决定了。”

我语无伦次地说：“毕竟我们一起经历那么多。按原来的方式过我受不了，也没有时间再去忍受，按新的方式过她接受不了。但是……还有松松。”提起松松，我眼睛又有些湿润。陆军说：“你不但磨叽，还挺软弱啊。离婚算啥？孩子生命力很顽强的。奥巴马就是父母离异，而且他爸离婚后去了非洲，父母处于异地离婚状态。你即使离了，还是同城，松松随时可以见面管你叫爸。”单身的永远不会理解当爹是什么感受，我敷衍地说：“我是担心他会管我叫loser。”

我们安静地在沙发上坐了会儿。她说：“女脱口秀演员更惨，我发现拒绝一个男孩儿最有效的办法就是告诉他我是个脱口秀演员。”陆军的自恋让人很不爽，我被赶出来，一瞬间“妻离子散”，她一开始却帮我老婆说话，现在又开始聊自己。是脱口秀演员都有些自我中心，还是她就是低情商？不，也许是我自私、低情商。我一个已婚中年父亲的心情，她怎么可能理解？她目前也的确是处于成天想着找个男人共创未来的阶段。我想让别人同情我的境遇，就应该先同情别人的境遇。英语里面有句话叫作“pay it forward”，意思就是自己开始行善，这样就可以影响别人去做好事，最后自己也可以成为别人行善的受益者。

我给她出主意：“你可以试试从脱口秀演员里面找找，大家互相了解，你有了一个自然而然的创作小组，别太看中长相，多看看内心。”她用异样的目光盯着我。我说：“我不是说自己啊！上次就解释过了。”她说：“你想多了。脱口秀演员之间谈恋爱、结婚更麻烦好不好！男人都受不了老婆比自己厉害。我现在已经是北京最好的脱口秀演员了，至少是最好的女脱口秀演员。”她好像突然意识到自己说多了，然后加了一句：“至少，在朝那个方向努力。”我也打圆场：“至少，你是这个时间北京东城区方家胡同最好的女脱口秀演员。”

我安静了一会儿，看到周围零零散散有些情侣和朋友在聊天儿，突然又感到痛苦，就像拔牙后麻醉剂的效果消失了。我说我想喝酒。陆军说：“你作死啊，这都几点啦？早点找个地方休息，明天还得上班呢！”我告诉她我不上班了，要全职做脱口秀，做自己喜欢的事情，靠这个养活自己和儿子。她向我伸出了两个大拇指。

我入住了附近的一家快捷酒店，早上起来吃了些油条，喝了口豆浆就开始准备演出。这二十分钟的商演压力实在太大，还好大部分段子都是输入到手机备忘录里的。我从前台借了支笔，把要讲的内容在餐巾纸上捋了一下，开始对着镜子练。

对着镜子练脱口秀和对着墙练网球一样，有用但极其枯燥。有时候我看着镜子里的自己，好奇观众会喜欢看这种长相的人吗？我怎么会长成这样呢？为了掩盖内心的紧张还得皮笑肉不笑。嗯，还有个痣子，但愿“有痣者，事竟成”吧。不行！不能讲谐音梗！

可对着镜子练实在太痛苦，我改成用手机把自己讲段子的过程录下来，但拿出手机之后马上就被卷入了短视频漩涡，一看一个半小时过去了，该吃午饭了。我到楼下又买了些油条、豆浆作为午饭，王铜来了个语音：“刘东刘东，在吗在吗？我们加了一场下午的演出，你过来啊！”

笑坊的商演是在鱼与剧场举办的，一共两场，每场三百人，座无虚席。我讲得太嗨了，几乎每个包袱都很炸。在整场观众哄堂大笑的一刹那，我觉得之前付出的一切艰苦和努力都是值得的。从自己脑子里面创造出来的东西，能让这么多人在同一个思维频道上认同并且开怀大笑，是一件很神奇、很有成就感的事。虽然我做科研的时候也拿到过专利，但即便我没有做出这项发现，其他研究人员也能。可脱口秀不一样，我的段子只有我能创作出来，这个所带来的拥有感要强很多。

我觉得收入上应该也不会太差。陆军说北京商演脱口秀演员的费用是五百元十五分钟，我一算，这是一小时两千元的工资啊，比做科研还要高呢！我和天王老老实实地在鱼与剧场从下午待到晚上，天王主持演出得从头到尾在那儿，我则是没有其他地方可去。别的演员都在赶场，在这里讲十五分钟后就骑着电瓶车赶到下一个场子去讲。北京脱口秀圈里有人的最高纪录是一天九场，据说上海有人一天讲十场，周末一天下来就能挣个四五千块，一个月弄个几万块问题不大！俱乐部的主理人运营得好的收入更高，有传言说做得好的主理人已经买了两套房了。

这是个突如其来的脱口秀的黄金时代，《吐槽大会》和

《脱口秀大赛》等网络综艺节目几乎是一夜之间就带起了线下脱口秀演出热。之前总有人问："脱口秀和相声有什么区别？"现在轮到相声演员开始抱怨，说观众问他："相声和脱口秀有什么区别？"喜剧的参照物不知不觉间变成了脱口秀。几周前，我们做个开放麦小演出还得到大街上求人家进来看，现在却是很多人看到"脱口秀"三个字就买票来看，而且常常是一票难求。

东北有句话叫"喝大酒，睡凉炕"，可以用来总结我那段时间讲线下开放麦的感受。表演的时候十分陶醉，晚上躺在小酒店的床上感到十分悲凉。从周五到周日连着六场商演，简直是天堂。我白天写段子、改段子，晚上反复练，六场下来，那十五到二十分钟的内容变得越来越扎实，包袱也越来越密集，我也越来越踏实。更实在的是，我算了算我的收入，应该有三千元了！

周一那天，我立马给王铜发了微信，委婉地问他："我的费用怎么样了？"他说："你的费用是按照新演员给的。"我等了半天，他没有下文儿。工作时最怕的就是和老板或领导谈工资的事儿，总得憋好几天才好意思开口，总怕自己一提工资的事儿可能会让老板心情不好。我后来才意识到，只要和老板提工资的事儿他的心情铁定不会好。但我要做脱口秀就必须得聊这些事儿，我也是下定决心要过和从前相反的生活，于是鼓足勇气发微信给王铜："是一场五百，六场三千吧？"他说："新演员是免费演的，我们俱乐部提供上台锻炼的机会，哈哈哈。”他附上了大笑的表情包。

我气急了，到底是哪儿出错了？我马上给王铜打电话，他没有接。我现在没有正式工作，食宿都要花钱，这三千块钱格外珍贵。以前听说演艺圈里有因为钱反目成仇的事，觉得这帮人都很虚伪，表面上追求艺术、展示人性，心里面惦记的就只有钱。但入行之后我感觉到，因为没有了固定的收入，每一分钱都很重要。

为了有更好的演出机会，甚至有做自己专场的机会，我还得不断地写，在开放麦试段子。在业内，一个人能够讲四十五分钟到九十分钟的段子就叫作一个“专场”，专场被认为是成为职业脱口秀演员的里程碑。在脱口秀的诞生地美国，一个脱口秀演员通常要花八到十年的时间打磨好一个五分钟的段子，而第一个好的专场则常常要花二十年。中国的脱口秀刚开始，所有的话题和风格对观众来讲都是新鲜的，所以演员出内容的速度也非常快，半年一个专场的现象也时有发生。

但中国的观众不太看脱口秀专场，更关注综艺节目，所以上个火的综艺节目是所有脱口秀演员的梦想。综艺节目把脱口秀带火了，但综艺节目依赖的是遍布全国各地的线下脱口秀俱乐部里的演员们，《脱口秀大赛》之类的节目得在全国各地挖掘好段子和好苗子来支撑它的节目。脱口秀演员为了保持自己的竞争力、提高自己，也要经常在开放麦演出，这种演出往往没有收入或收入很低，主要是为了打磨段子，相当于运动员去健身房锻炼。

我之前在老婆前男友的公司里低三下四地讨生活，结果现在低三下四地跟欠我钱的脱口秀俱乐部老板讨讲开放麦的机会。交房费的时候，发现微信和支付宝里面已经没钱了，我索性把东西收拾了一下，带到方家胡同酒吧，打算晚上演出结束就干脆在酒吧找个地方睡一觉，第二天继续讲。有了这个想法之后，我反而开心起来。

在热力猫的咖啡区，我专心改段子，感觉最近创作的速度跟不上表演的速度，所以只能想办法和其他演员在他们赶场之前打磨一下。陆军在旁边和别人高声辩论“为什么女权主义者结婚也应该收彩礼”的话题。“那是因为男性继承权你知道吗？”她愤愤地说。她的话我似懂非懂，但特别影响我写段子，我狠狠地瞪了她一眼，但她顶着那张刚起床原生态的脸浑然无所觉察。

她又开始讲自己在胶原蛋白上花了多少钱。她的无知让我有点儿忍不住了，我说：“胶原蛋白一点美容效果都没有好不好！吃到肚子里都分解成氨基酸了，想美容还不如洗洗脸呢！”其他演员都不说话了，悄悄瞄着陆军。我话一出口就很后悔，觉得不应该这么呛她，很多人没有这方面的知识，而且她那么热心地帮助过我。这么损她，她得多难过啊。这好像是我这么多年来第一次真心觉得自己说错话了。但没想到她把嘴一嘟：“银（人）家不系（是）没时间洗脸嘛！”夸张的港台腔一下子让大家都笑了起来。

我看大家没有聊段子的意思，就问道："这个酒吧晚上能让演员待着睡觉不？"陆军说："你不是住酒店吗？"我告诉她我周末的演出是新人待遇，没有演出费的。陆军当场站起来大喊："王铜！你这个王八蛋！黑人家演出费，我抽你！"王铜迅速溜走了。陆军要追上去，我把她拉住了。那一刻，我突然觉得她那张没洗过的脸真好看啊，胶原蛋白还是挺有用的。

天王摇了摇头："你们不了解王铜，你把他打死了，他也不会给你钱的。我打过他一次，他报了警，但钱还是没给我。他毫无信义可言，你就得在上台之前让他把演出费付了。"天王其实也想过另立门户，不受王铜制约，但自己做了个厂牌后发现根本找不到观众，就放弃了。

过了一会儿，杨更进来了，问我能不能去吧台那边聊聊。到了吧台，他问我："你周末演得挺炸的，你是怎么写出段子的啊？"我受宠若惊地说："没啥诀窍，没事儿就写，然后多找机会练。"他半信半疑地说："那怎么也得有些技巧吧。"我和他说了实话："基本技巧是有，书里都能看到，但是真要写好还得走心。"他点点头："我上次没能去段子工作坊挺遗憾的。"

陆军从我们面前飘过，明显已经洗过脸了。我说："是啊，我和陆军写了好多段子呢。"杨更说："是吗，陆军？"陆军不理杨更，走到屋子另一侧。杨更问："陆军怎么回事儿，不理我？"我说："女孩追的人多了就这样，牛起来了。"杨更说："那太好了。我还怕她追我，一直躲着她，又怕她看到我和普拉达在一起会伤害她，知道她有人追就好了。"我说：

“对，现在有好多男的在追陆军。”话一出口我就开始后悔，我这么说是不是在帮倒忙啊？

天王和另一个叫23号的脱口秀演员合租了一个公寓，他们自称是“脱口秀之家”。本来想叫“脱口秀公寓”，但觉得没有爱情就别蹭《爱情公寓》的热度了。他邀请我去脱口秀之家那边暂住，直到我商演挣到钱为止。

我和天王走进脱口秀之家的时候，23号正在客厅电脑前玩游戏，边玩边叫。23号圆脸、长发、微胖，一身旧衣服、破鞋子。天王说：“我们这儿小了点儿，你就在沙发上凑合一下吧。”我说：“没事，在家也受过这种待遇。打扰你了，23号。”23号玩游戏，没理我。

我把被褥铺在沙发上，刚要躺上去睡觉，就听到23号和天王的对话。

23号说：“刘东怎么在我们这儿？”

天王说：“他被老婆赶出来了。”

23号说：“你怎么不告诉我一声？”

天王说：“我告诉你了，你玩游戏没听见。”

23号说：“我去！我抬起头看见刘东，以为还在笑坊俱乐部呢！想着赶紧回家，一起来觉得，这不就是我的家吗？这是时空位移了？”

我插了一嘴：“你也在笑坊？我怎么没看见你啊？”

23号说：“我还没准备好，不能上台，所以一直在角落里观察。”

天王说：“23号和陆军同时开始做脱口秀，但到现在一次都还没上过台呢。”

23号说：“晋级之后我就开始讲！”

现在一想，热力猫俱乐部里面犄角旮旯的确特别多，那天晚上王艳来了我也没看到，没准儿23号和她坐在一起了呢。

这个脱口秀之家不仅仅是演员们睡觉的地方，他们平时也会一起在这里聚餐、过段子。以前没什么演出，大家会在周末聚聚。现在周末商演机会多了，便改在平时的晚上聚一下。

这天晚上陆军过来后，23号说：“陆军啊，我们俩都单着，要不在一起呗。”

陆军说：“我爸妈肯定不同意。”

23号说：“你和他们提过我？”

陆军说：“没有。”

23号说：“那你怎么知道他们不同意？”

陆军说：“我不同意的他们肯定也不同意。”

我说：“其实你们俩共同点挺多的，都说脱口秀，脑洞都比较大。”

陆军说：“但唯一的区别就是颜值。”

我说：“不是，是性别。”

陆军笑笑说：“一边儿待着去！”

最后，杨更带着他的女朋友来了。普拉达浓妆艳抹，身着动漫少女学生裙，杨更的目光一晚上都没从普拉达身上离开过。我看了一眼陆军，她的脸色很不好，尤其在洗过脸后更容易看出来。

23号是个爱低头说话的人。他低着头说："我来敬大家一杯，我干了，你们随意！"没等大家反应过来，23号把一瓶啤酒一饮而尽，然后栽倒在沙发上。大家笑起来，开始喝酒。和脱口秀演员们聚会比公司团建要轻松很多，我只是略微有些紧张。大家没有什么利益纠葛，海阔天空什么都能聊，而且经常杠起来。

那次大家聊得最多的是各自的理想：天王是说相声出身的，想像郭德纲那样当电视主持人；杨更是播音主持出身的，想做一个有脱口秀加持的播音主持人；陆军目标没那么明确，就是单纯想讲好脱口秀。

天王点到我，让我说几句。其实我是想在能养活自己的情况下做个最好的脱口秀演员，或者说诗人、哲学家的，但这话听着可能有点儿大、有点儿虚。于是我说："我是个新人，先介绍一下自己吧。我喜欢把所有的精力都投入到一件事情上，这样一来如果失败了，至少能知道自己没这个天分，而不是因为没努力。"

陆军拍了拍我说："其实你挺爷们儿的，大部分人就怕别人认为自己没天分。但你在老婆面前怎么那么怂呢？"大家哄笑，我也跟着笑。之前我内心一直觉得听老婆的话是很男人、很爷们儿的事儿，现在难道是听不下去了吗？婚姻里最有分量的指责就是"你变了"，从前很长一段时间，我都觉得自己不是变了，只是现原形了。但就在此刻，我开始怀疑自己是不是真的变了。

我举起酒杯说："我的前半生混得很惨，但没想到在脱口秀圈里还能遇到互相帮忙的人，甚至给我住的地方。能遇到各位，还有23号，我真觉得挺幸运的！"唯一不幸的是在这里见到了普拉达。杨更去洗手间的时候，我还得委婉地叮嘱她，不要把我住在这里的事情告诉公司里的同事，尤其是冯昊和冯凡。我不想让王艳再为这件事儿感到羞耻了。普拉达悄悄告诉我，她还没告诉冯昊她和杨更在一起了呢。她的嘴唇微微张合着，上面涂满了琉璃般光泽饱满的唇膏。我说："好，我们俩都保密。"

送走杨更、普拉达后，天王和我开始把酣睡在沙发上的23号抬到他屋里。23号被抬起来的时候，我看到他的裆部湿了。我们回到客厅，在沙发上坐下，突然觉得有什么地方不对劲儿，站起来仔细看了看沙发，发现坐垫已经湿了。天啊！23号尿在沙发上了！我脑海里飘过一个词：watershed。

第六章

久旱逢干股

我上大学时算是那种情商比较高的理工男。我常在舞台上举的一个自己高情商的例子，就是有个室友尿床大家都笑他，就我没有笑他，因为我住他下铺。那时，曾经为了省钱，我和其他男士同床共枕过，很不舒服，后来就发誓永远不要再和另一个男人睡在同一张床上。

但就在接近不惑之年的时候，天王让我打破了这个誓言："刘东你到我屋里挤一晚上吧，将就一下。"在脱口秀之家，我的"床"学名沙发，被尿之后，我认真地打量了一下客厅和厨房的地板，发现了好几个拜耳牌的除蟑螂药盒。那天晚上我可以选择和天王睡在他的床上，或者和蟑螂（或死的或活的）睡在地板上。

天王不愧是说相声出身的，打呼噜都跟说贯口似的。打了一连串呼噜之后，突然停一下，仿佛在等观众的掌声。就在观众鼓掌以为这一段已经结束了的时候，他突然又继续开始下一段呼噜。

在北京除了德云社之外，还有很多的相声社团，新人拜师入行后，就可以在相声场子里讲传统段子和一些新写的内容。但即使是在德云社里，很多的演员收入都不高，其他社团里不知名的演员收入就更低了。一些相声演员，比如星月相声社的云贵，就来脱口秀的场子里讲。因为云贵的舞台经验丰富，说话利索，很快在脱口秀圈里打出了名气。

云贵在相声社里只负责表演，由别人提供段子，到了脱口秀圈他很不习惯自己创作，偶尔也会讲一些其他演员的段子。但脱口秀圈是极其忌讳抄袭的，云贵很快就被其他脱口秀演员攻击，有个脱口秀演员甚至把云贵的演出视频和自己的演出视频做了对比放在网上，要求脱口秀厂牌都不用云贵，除非他正式道歉并保证不再抄袭。北京厂牌的主理人们，包括王铜，都同意不用云贵。

一时间云贵没有演出，断了收入来源，但他还是拒不道歉。王铜看到了绝好的商机：因为其他俱乐部不让云贵上台，他就可以用较低价格让云贵来主持。但每次发海报要有演员介绍，王铜怕大家看到他还在用抄袭演员，就让云贵把自己的艺名改成了天王。

我玩了一会儿手机，感觉很奇怪，以前每天都要给王艳发好多信息，现在不发了总觉得缺了点儿什么。我翻了一下她的微信朋友圈，看到里面松松的照片，配文是：姥姥、姥爷回老家，松松突然感觉菜的花样少了，希望妈妈的厨艺能弥补数量上的不足。

眼泪瞬间淌了出来，我马上用袖子把眼泪擦干，不想把天王的枕头弄湿了。脑海里面不停地浮现出松松赛跑、玩耍，还有他背诵古诗时认认真真、抑扬顿挫的样子。他很喜欢《岳阳楼记》《登鹳雀楼》什么的，可能是和我们住在高楼里有关。至于“风吹草低见牛羊”这句，我给他解释起来就比较吃力。如果这些古代诗人活在当下，肯定特别爱发朋友圈吧。

我又往前翻了翻王艳的朋友圈，里面还有我们一家三口的照片，每一张都那么幸福和睦。我们之所以向往婚姻，很大程度上就是被这些照片欺骗了，因为很少有夫妻会在吵架的时候拍照或自拍。从社交平台到短视频平台，到处在秀恩爱、撒狗粮，没有真正的夫妻会录一段对骂、摔东西的视频发出来，然后配段文案：“我又赢了！敢凶我？我就让你用你的泪水把枕头泡成咸菜！”我泪眼模糊地关掉手机，没多久就睡着了。

23号是个说话经常让人摸不着头脑的人。第二天早上，他突然对我说：“天王和嫂子比，你更喜欢谁？”我顿了一下才反应过来，他是说我和这两个人都睡过觉的意思。我说：“还不是因为你昨晚在沙发上尿了，我没有干的被褥才在天王这儿睡的。”23号看了一眼自己的裤子，跑回卧室换了身儿衣服又出来了。他说：“你知道我是怎么发现的吗？我凌晨起来发现你不在沙发上，我就去天王卧室，还给你俩拍了个照片，你看！”他把我和天王酣睡的照片发到微博上了，还配了个标题：脱口秀演员撒狗粮。

王铜答应，可以从下次商演开始每场给我三百块，但得到演出当天上台前才能给我。我开始为吃饭发愁了。把手伸到裤兜里，我摸到了家里的钥匙，准确地说是王艳家的钥匙。人没钱时总会下意识地摸兜还是有道理的，我就这样想到了一个弄快钱的办法。

我先是敲了敲家门，见没人答应就用钥匙打开门进去了，看到家里的沙发、电视和几盆花草，突然悲伤难耐。妈的，我怎么活得这么苦啊？目及之处，尽是温馨的粉红色回忆，情人节的巨大花簇、围在生日蛋糕周围响起的歌声、和松松一起炒菜炒煳了时的笑声。过了一会儿，我又看到王艳摔东西的样子。我抖了抖脑袋，决定不去重温那些不愉快的回忆。

为了追求自己的爱好和目标，不惜和王艳分手，我对得起这个家吗？对得起松松吗？我是个称职的父亲吗？这些问题让我感到四肢无力，一屁股坐在沙发上开始了冥想。最后我坚持认为自己的做法是对的，因为年龄太大或者家人的反对就不去追求自己热爱的东西，那才是懦弱的表现。如果放弃梦想，那多年后我该怎么和松松解释？爸爸是为了你，为了你妈，才放弃了自己的梦想？

我重新振作起来，走到松松的房间里，从抽屉里拿出了一千块钱。他的压岁钱一直是自己保管的。走回客厅，我闻到一股怪味，发现是从自己的袜子上散发出来的。我有几天没洗澡了，于是回到主卧的浴室里洗了个澡。洗完澡我感觉很松弛，累劲儿也上来了，就一头倒在床上睡了过去。

“爸爸！”我听见松松叫我，一时搞不清是梦境还是现实。睁开眼睛，真的是松松！他在摇我的胳膊：“爸爸快起来！不然妈妈要叫警察了！”

王艳一脸怒气：“你胆子真大啊刘东，敢不请自来了！你给我走！”我没敢看她的眼睛，但她的声音里面没有丝毫的温情。我说：“好好好，马上。我能跟松松说句话吗？”王艳犹豫了一下：“两分钟！”然后就自己去了客厅。

松松说：“爸你出差去哪儿了？”我说：“不远。我以后告诉你。松松，爸管你借一千块钱行吗？”松松说：“啊？这么多！”我赶紧说：“爸爸保证加倍还你！别告诉……”已经晚了，松松大喊：“妈！爸爸拿了我的压岁钱！”王艳冲进来：“松松别哭！妈给你，我们不需要这样的爸爸！”我赶忙说：“爸爸还是你最好的朋友吧？”松松点头。为了掩饰我的感动，我笑了一笑，但这一笑更催泪。我转身跑了出来。

入住酒店不久，王铜来了条微信：“刘东刘东，今晚的演出特别特别重要！早点儿来啊！特别棒！”他的微信还是一如既往地让人看得云里雾里。到了俱乐部，王铜比他在微信里表现的还要癫狂，到哪儿都是一路小跑，因为有个投资人要来看演出。

我问陆军：“你知道这事儿吗？”她说：“我不知道啊。”陆军不仅洗了脸、洗了头，还穿了一件很合身的上衣和一条牛仔裤。她一进来就坐到我身边，抽纸巾的时候头发甩在我脸上，带着一股潘婷顺滑洗发露的水果味儿。她的手细腻水润，指甲也打理过。我看了她一眼，她也不自觉地看了我一眼。我赶紧转移视线。

陆军怎么突然有魅力了？从什么时候开始，她这么有吸引力了？这时她又把头发抽打到我的脸颊上。我一激灵，转过头一看，是杨更进来了。我算是看透了她的小心思。陆军看见普拉达后，也开始通过打扮自己来吸引杨更，结果我成了受害者。从她甩头发抽我的力度来看，她一点儿抗拒杨更的能力都没有。

当天晚上的演出我发挥得特别不好，而且观众越冷我越不自信。我从眼角能瞥见23号还在偷偷录我的演出，这让我更加乱了阵脚。如果我的舞台经验再稍微多一些，我完全可以稍稍放缓一下甚至停一下，和观众做点儿互动，然后再继续往下讲。但新手的毛病往往是看一个段子效果不好，就赶紧讲下一个，试图把观众拉回来，结果几个包袱都没响，就只能草草结束下场。再加上我脑子里还在不停自责："你怎么在投资人来的这一天讲砸了?!这个包袱这几天一直炸场，怎么今天一点儿笑声都没有啊？陆军也不像往常那样在边上看着我演出，是我段子更新速度不够，让她厌倦了吗？"我浑身冒汗、嗓子发干，心理战完败，而且根本停不下这种自毁前程的内心独白！我讲得，实在是太烂了。

天王上来打圆场说："其实刘东是我们的实力派脱口秀演员，今天的观众笑点有点儿高！"天王为了给投资人留下印象，开始和观众互动，问那几个经典的互动问题："你做什么工作的？你们俩什么关系？她是你小姨子吗？”看着观众给出一些引人发笑的答案，有点儿头脑的人都会认为观众比演员逗。天王也很苦恼，目前他被卡在观众互动和讲别人段子中间，不止一次地哀求：“你能教教我怎么写段子吗？”我把脱口秀的创作技巧给他大概讲了一遍，然后嘱咐他没有窍门儿，就得多写多讲。没过几天，他又一脸愁容：“你能教教我怎么写段子吗？”

今晚脱口秀讲成这样，我心情特别沮丧，感觉整个世界都暗淡无光，开始怀疑自己是不是干脱口秀的料，怀疑自己所做的一切努力是不是白费劲儿。我走到咖啡区坐下，23号拿着啤酒坐在附近低头不语。我忍不住问：“你是不是在录我的演出？”23号心平气和地跟我解释：“我最近把其他脱口秀演员演得不好的视频录了下来，我讲得烂的时候翻出来看看，自己心里能舒服一些。这叫‘比较心理学’。”

杨更上台的第一句话：“希望我接下来的表演不会影响我的颜值。”台下一片笑声、掌声和尖叫声。妈的，老天太不公平了！我什么都没有了，舞台就是我的一切，今天炸场的杨更把舞台也夺走了。

我也开始同情陆军。她排在杨更后面上场，观众不太买她的账。我不知道今天观众是怎么了，陆军的段子很微妙，文笔、表演都很到位，但也架不住一些女粉丝冲出来向杨更要签名、求合影，场面比较混乱。我走到舞台边上，听到我觉得好笑的段子就大笑鼓掌。现场脱口秀是一个很残酷的艺术，因为观众很难假笑，而且如果只有一个人笑的话，还会怕周围的人不笑会很尴尬。好在不止我一个人喜欢陆军的段子，那个坐第一排的投资人也笑得很开心，而且一边笑还一边上下打量台上的陆军。

这个投资人叫凯文，演出之后大家在咖啡区认识了一下，他说我们演出效果很不错。说这句话的时候他瞅着陆军，让我觉得有点儿恶心。但面对资本，即使他吐到嘴里了我们也要笑着咽下去。哈哈，我成熟了。

王铜满脸堆笑但是紧张得语无伦次，尤其是凯文问他对俱乐部有什么长远计划来扩大业务的时候。我拿出我在第一家生物创业公司里道听途说的一些话术来应付："我们这个俱乐部在做营利性的商演，每周十几场，演员为了得到在舞台上的锻炼机会，甘愿以极低的费用甚至免费来演出高质量的内容。"陆军和其他脱口秀演员笑了起来。凯文一点儿都没笑："你们的盈利模式有可复制性吗？"我说："笑坊允许外地俱乐部用我们的厂牌，我们抽个利润提成。"

不知道为什么这些投资人身边总有些高颜值、高学历的机灵鬼儿会提一些致命问题。凯文身边的投资助理阿曼达轻声说了一句："脱口秀主要是在大城市流行，中国的大城市是有限的，你们的最大营业额是有天花板的。"我心想：废话！我们又不是神舟发射火箭，怎么能没有天花板呢？看着阿曼达冷酷的小眼神儿，我一时语塞。

杨更突然说："线下演出是有天花板的。但线下演出的目的是积累素材和人才，做一个或几个线上节目、综艺、剧、播客什么的，这些东西是资本追捧的对象。”小鲜肉谈投资也能临门一脚进球？阿曼达听了这话也只有点头的分儿。普拉达不知道从哪里冒了出来，像驾着一朵薰衣草祥云那样飘进杨更的怀里。

凯文离开后，陆军也转身离开，我追在陆军后面：“陆军你没事儿吧？今晚讲得很棒啊！”我们俩在胡同里一起走了一会儿，然后在一个小酒吧里坐下来。陆军说：“没什么，就是普拉达那么漂亮，杨更段子讲得也比我好，我在他眼里一点儿价值都没有。我玩了hard to get，可人家根本就不想get。”妈的，她说得那么对，我都不知道怎么安慰她了。但看见她那种不洗脸都夺不走的自信完全被失望取代，我开始心疼她了。

正想组织语言来安慰陆军时，手机响了。我掏出来想把它关掉，但看到手机上显示来电人是“芭蕾公主”，我犹豫了一下。很奇怪，那一刻我竟然想让人骂我一通，因为尽管我给自己打气，但其实我已经恨自己恨了一整天：从儿子那儿偷钱、脱口秀演砸了、想安慰人却不懂得如何安慰。我接了电话。王艳说：“家里下水道堵了，你过来看看吧。”我心想：这事儿你倒是给物业打电话啊！但我还是说了句：“马上过去。”

“家里有点儿事，得马上回去一趟。”我匆匆忙忙对陆军说。她说：“刘东，你就是见色忘友，不过我都习惯了。你去吧，老娘在这儿自己疗会儿伤。”

我只身来到王艳家里，进门就问："是卫生间的还是厨房的堵了？"她说："是主卧的卫生间。"我说："是不是我今天用淋浴的时候出了问题？"我径直去看了一下淋浴和马桶，都没问题。

我从卫生间里面出来，看见王艳坐在床上，眼睛有些发红，小心地坐在她身旁问："你没事儿吧？"她突然抱住我，哽咽着哭了起来，边哭边说："对不起刘东！我不应该因为那一千块钱说你。"我也开始流泪。她开始亲我的脸说："我给你多少钱都行。"我在那个久违的卧室里过了夜，我们像两个冷战多时的冰雕融化在了一起，化成同一摊水。

第二天早上，王艳的眼神里有一丝疲惫，但这反而增加了她的韵味。松松看到我尖叫了起来："爸爸！你怎么在这儿？"我说："我说过会还你压岁钱的。"松松说："谢谢！"他拿了钱后"噔噔噔"地跑回房间里，"哗"一声打开他的抽屉，然后又"乓"一声关上了抽屉。

过了一会儿，他从房间里出来，手里拿了两杆玩具枪。我很奇怪："妈妈怎么会让你买这个？她都不让我给你买！"松松说："这不是妈妈买的，是迈克尔叔叔给我买的。"王艳经常在家里讲她公司的事情，以至于我知道她的每一个同事和合作的客户。迈克尔是另一家投资公司里的一个老外，身材高大，外貌英俊。

松松一提迈克尔，王艳有些不好意思地笑了起来。我心里很嫉妒，但又一想，别忘了，得反着活！我揶揄了一下她：

“哇！迈克尔！你芭蕾舞里面踮脚尖儿的功夫可以用得上了哈！”她笑着捶了我一拳。

我追着松松打了一个多小时的玩具枪，中午我们仨去一家咖啡厅吃了顿午饭，下午我们就把松松送到他的绘画班里。他还在上那个死贵死贵的绘画班，不仅学费贵，油画颜料更贵，所以我经常鼓励松松要多在白画布上画雪景。

我们俩牵着手，边喝咖啡边等松松下课。手机震动了一下，是王铜给我打过来的今晚的演出费，总共一千五百元。我回：“你是不是给多了？”他回：“你是正式商演演员了，呵呵，加油加油！”

我很激动，就和王艳说：“我做商演开始挣钱了！你看。”她扫了一眼金额，问我什么时候做，我说我现在就得赶到雍和宫那边。她的脸马上拉下来，说：“你还是选择脱口秀？”我不置可否地“嗯”了一声，她整个身体好像一下子又变回了之前那尊冰雕。

在听到她说“你以后别回来了”之后，我没有像以前那样不吱声地听她数落，而是不吱声地起身去了演出现场。去演出的路上，我突然意识到昨晚发生了什么：王艳是在诱惑我放弃脱口秀。我感觉我的智商有些受辱，但身体还是很感激的，真悲哀啊。

如果说我昨晚是久旱逢甘霖，那王铜是久旱逢干股。凯文真的投资了笑坊，六百万占10%股份，在北京引起了不小的轰动。王铜招募了一些员工去卖票、宣传、刷好评，同时也在发展线上，承接了帮网红主播写段子的活儿。

他用老板的口吻告诉所有俱乐部的演员要多创作，要提升自己。当然，王铜第一个提升的是他自己：他先给自己买了辆宝马，换了一身名牌儿，又找了个大长腿女助理。这个女助理的主要工作就是不正眼看人，而王铜自己还是和以前一样：嘴不停地动，腿不停地走，神似某种啮齿类动物。

第七章

两份合同

过了几个星期的收钱、演出、再收钱、再演出的日子，我感觉自己像长在了舞台上，只要离开舞台就会开始水土不服，整个生命仿佛都集中在舞台上那十五分钟里。因为在那短短的十五分钟里，我是这个场子里唯一的明星和主人，这个场子就是我的。白天，只要一想起热力猫俱乐部，我就感觉自己的心灵增加了一层厚厚的脂肪，抗寒，抗击打。

有一天，王铜给我发了一份演员经纪协议，我心里有了一种被认可的感觉：终于在脱口秀圈里找到了自己的位置！以前会在今日头条或者微博上看到脱口秀演员和他的经纪公司间的瓜葛，很狗血，但也觉得这是令人神往的脱口秀演艺生涯的一部分，如果足够狗血的话还能让我火一把。

平静后我下载了合同，一共十九页，我认真地看了大半天，才弄清楚这是一份一签就是二十年的合同。在这二十年里，我所有演出邀约和影视项目都要通过笑坊王铜之手，笑坊要拿我收入的85%的提成，但如果不签，我就有可能没机会再在笑坊演出了。笑坊融资之后招募了一大批新演员，然后把一批有苗头的演员签下来。这在脱口秀圈里是标准操作，是从影视圈那边学过来的。但和影视圈的经纪协议不同的是，脱口秀圈的经纪协议是没有保底月收入的。

我感觉自己刚上岸就被推回到犹豫不决的浑水里。笑坊是给了我上台的机会，最近的收入也不错，但二十年是不是太长了？如果不签，我也不见得有其他好的选择。本来别的俱乐部就不大欢迎年纪大一些的演员，再加上笑坊使用抄袭演员，包括我在内的所有的笑坊演员都被其他俱乐部加入了黑名单。

23号发来一条微信："你收到合同了吗？"我回："收到了，在考虑。"23号那时还没收到王铜的经纪协议。他一怒之下去找王铜说理，被王铜推给了他的大长腿女助理。大长腿告诉23号笑坊目前不想签他，然后他俩坐了十多分钟，都没什么话说。最后23号说："在笑坊大家都觉得他们比我讲得好，切！其……其实不是这样的。"然后就起身要走。大长腿说："等等。"过了一会儿，大长腿给他打印了一份经纪协议，他立马签了，然后高兴地发了个朋友圈。

陆军说她没有签，但她在其他俱乐部有关系，建议我不要签，然后用其他艺名演出。我听从了她的建议，她把我介绍给其他厂牌的主理人，在别的场子里试讲了几次。我用的艺名是关胜，《水浒传》里的一个不大有名气的将领的名字。这个名字开始给了我一些勇气：放心去演，演不好毁了关胜的名声，还可以改叫扈三娘。

换了场子之后，我刚开始还不适应。不同的舞台、不同的主持、不同的演员和观众群，甚至不同的气味儿都成了干扰因素。有个俱乐部好像是处在一家烧烤店的排风口，一场演出下来，我的镜片儿上都有一层烧烤味的污渍。很奇怪，一些在笑坊特别炸的段子在其他场子里一点儿效果都没有，但另一些段子在讲铺垫的时候观众已经开始大笑了。后来我发现，一个段子必须得在不同的场地、面对不同的观众打磨才会立得住。

在试不同场子的时候，最锻炼人的可能还是要适应跟在不同的演员后面讲。有些是纯互动型演员，我跟在他们后面讲，观众就只在等我跟他们互动，如果我不互动的话他们根本不会听段子。还有个演员在舞台上从头到尾模仿猴子，观众连声叫好。我在候场的时候压力极大，心想：观众如果喜欢这个演员的话怎么会喜欢我呢？但上去之后观众照样会因为我的段子而发笑。其实大部分观众不在乎什么风格啊结构啊之类的东西，你能让我笑就行。所以一些相声演员直接在舞台上讲单口相声，观众也不挑毛病。

我很受他们启发，自己也跑到一个相声厂牌里讲了一次。相声剧场和京剧剧场形状很像，大部分都是方形的，红色装潢居多。观众边嗑瓜子儿边听相声，听到脱口秀的包袱也一样有反应。一些相声场子的后台比较讲究，有很多衣帽存储柜，方便演员们换袍子上台。让我印象最深的是后台供奉的一些祖师爷遗像，墙上还有一个家谱，辈分高的师傅在上面，下面用线连着他的徒弟。名字字体的大小也是按辈分来的，辈分越小字体越小。我还看到了一个演员的名字比同辈的都小，我问为什么，他们说是因为那个演员被逐出师门了。

脱口秀开始得晚，里面没有师徒关系，也没有师徒反目成仇之类的精彩故事。但俱乐部之间和俱乐部内部的纷争也不少，而且没有那层师徒情面，大家翻脸的速度更快。俱乐部也学会了用合同或协议而不是师承关系来约束演员。

我在其他俱乐部“流浪”的这段时间里也深刻地理解了一个词——咖位。有一回，大家互相转告说一个小有名气、有粉丝的大咖要来，过了一会儿这个大咖的经纪人走到我面前，让我把座位让出来。我站起来后，经纪人示意这个大咖过来感受一下我屁股的余温：“您这边坐！”

这位大咖是在北京讲了半年脱口秀之后，去上海参加《脱口秀大赛》小火了一把的余年。余年二十岁左右，一脸严肃地在那儿整理稿子，然后抬头看了我一眼说：“我刚才在观众席，看了你讲的后半部分，挺有潜力的。”其他演员发出了羡慕嫉妒恨的声音：“哇！”脱口秀的演员和观众大多很年轻，所以他们的反应让我觉得很尴尬，比如有时演员说：“我是学金融的。”台下一片“哇”的羡慕佩服的声音。如果他说：“我的女朋友是学金融的。”台下的反响会翻倍：“你有女朋友呀！她还是学金融的呀！”

我说：“谢谢。”余年说：“我觉得你的段子应该更有结构、有主题，光是one-liner，观众会烦。但已经很好了，你可以试试《脱口秀大赛》。”其他演员“哇”的声音翻倍了。余年说：“你叫什么来着？”我说：“刘东。”其他演员蒙了：“你不是叫关胜吗？”

在其他俱乐部演了一段时间，我感觉自己的确进步不小，但也很难打入他们的核心圈，甚至渐渐又失去了一些在比较“潮”的俱乐部演出的机会。因为我和大多数演员不同龄，也是因为大家说我是刘东，一个笑坊演员。

不进他们的核心圈就比较难有自己的主打秀或专场。但这个问题没持续多久，因为天王和王铜又闹掰了。王铜开始答应给天王20%的股份，后来又反悔。天王离开笑坊自立门户，需要演员来撑场子。我欣然接受了天王的邀请，然后问他：“笑坊那边你走了谁来主持呢？”他说是23号。我们大笑了一场。天王签了笑坊的合约，但他想了个办法绕过这个问题：他自己成立了一个公司，把所有的厂牌和个人收入都放到公司里面。

我个人是反对抄袭的，也吃过抄袭的亏：有个新演员不懂规矩，上台就把我最拿手的段子讲了。我当时真想揍他，哪怕是用我的头狠砸他的拳头也行。我不怕打架挨揍，甚至不怕死。我是一个妻离子散、生无可恋的中年男人，死亡也算是一种解脱。但舞台对我来说是个更好的解脱，如果有人把我的段子讲了，这会倒逼我创作更多的段子。

天王的新厂牌维持了一段时间，但是演出票越来越难卖，后来发现是王铜搞恶意竞争打价格战，反正他有投资，他把票价压得极低来压垮竞争对手。大家没有办法，也开始跟着降低票价，很多新的厂牌，包括天王的这个，开始赔钱。

我们到处找剧场外的演出机会，图书馆、养老院、学校，等等。这些地方演出的难度更大，因为很多时候观众并不了解脱口秀，天王在主持的时候也就索性讲一下什么是脱口秀：“脱口秀和相声的区别大到什么地步呢？同一个人在脱口秀界和相声界里的名字都不一样！”

朝阳区消防分局的会议室里，我的对面坐了十几号人，我身后的白墙上挂了一排排的锦旗和标语。我说：“大家好，我叫刘东，今天来主要是想和大伙学习一下消防技能，我老婆做饭的时候能用得上。”观众发出了一些稀稀拉拉的笑声。这时候，消防铃声突然响了，所有的消防队员马上离开，只剩下我、天王和演出商刘总。

天王问刘总：“我们是不是可以回去了？”刘总说：“不行，按照合同你们得表演二十分钟，等他们灭完火回来再继续讲吧。”我们等了两个多小时，消防队员陆陆续续回来了。天王问观众：“欢迎回到我们的脱口秀演出现场，都回来了吧？”一个消防员说：“对，不是大火。”天王说：“那就好。大伙儿还想听脱口秀吗？”我说：“我们还是不要老是说‘大火’这个词儿吧。”

一个队员边收拾自己的东西边说：“我们得回家了，不早了。”另外一些队员随声附和。只有一个说他想听，我就给他一个人讲。他刚开始还有心情，过了一会儿就开始看手机，然后站起来。我担心完不成规定的演出时间，我说：“您要走啊？”

“我上个厕所。”

“我按个暂停键，等您回来继续讲。”

“不用了，您接着讲您的，甭管我。”

“哈哈哈，这个包袱逗！”

这个队员离开后，我独自站在台上面对空屋子，从窗户看到天王和刘总在外面抽烟。他俩和那个上厕所的队员说了些什么，从外面进来。刘总说：“回家了。演出结束！”然后按照演出合同上的金额给了我们费用。按照合同，我们还要在社交平台上宣传本次活动。天王说：“咱们对外宣传要说演得非常火。”我说：“对，然后被消防队员灭掉了。”

两天之后，天王脱口秀俱乐部搞了个开放麦，因为很多人看了一些消防员的抖音，知道了天王脱口秀俱乐部。天王把23号叫来帮忙。23号说：“我和笑坊签了合同，上面写着不能去你那儿演。”所以他就来帮忙检票、调试灯光什么的。

天王脱口秀俱乐部的后台小到只能坐两个人，马上要上场的两个演员坐在那儿，下场的演员直接离开，主持人介绍一个演员上场，之后再到外面把下一个叫进来。

这次，天王从外面叫进来的是陆军。她说她最近在集中创作，感觉可以做专场了。我听了有些嫉妒，但也为她高兴。她问我怎么样了，我给她讲了我们最近各种不同的“商演”故事。她有些疑惑地问我，说她有个专场，感觉包袱不够密集。

我说我看到一种办法，就是没事儿就从自己的段子里去掉几句话，然后再讲讲看效果是不是一样。如果效果一样的话，你的段子就可以短点儿，包袱也可以更密了。陆军又说她感觉重复讲同样的段子在脱口秀演员面前没面子，又有些对不起观众。我说不必担心这一点，路易斯·C·K[1]同样一个段子讲了二十多年，只是越打磨越好而已。

正聊着段子创作时，我收到了王艳的微信，马上回了她一个小段子："下水道又出问题了？"前一段时间我在脱口秀圈拼杀疯了，根本就不知道时间是怎么过去的，更不知道今天是周几。我脑海里只有段子，哪个段子效果怎么样，怎样能讲出一个更爆的段子。我不愿意去想王艳和松松的事情，因为太痛苦了。有时候，经过我们三个人曾经路过的、一起购物游玩儿过的地方，我就想哭。有时候在想：王艳或者松松在经过这些地方的时候也会想我吗？不管答案是什么，都让我无比伤感。

渐渐地，我开始躲避这些勾起我回忆的地方，仿佛这些地方就像疫情封控区。人生来就被设计成了和自己过不去的动物，回忆让人伤感，意识到时间和生命的不可逆转。为什么要有回忆这个功能啊？我试图在脱口秀技巧里面找到答案，用一个call back（呼应）的小段子来拉近距离，同时让王艳开心一下。刚一发出，我才注意到她给我发的是个文件，标题是《离

1 路易斯·C·K（Louis C.K.）：美国喜剧演员、编剧、导演，2012年凭电视剧《路易不容易》获金球奖最佳音乐以及喜剧类电视剧最佳男主角提名。

婚协议书》。我脑子“嗡”的一下，赶忙把手机关了。有人说每件人生的大事儿——结婚、离婚、生孩子等，都能让你出一个小时的段子。但我感觉我和王艳的离婚太痛苦了，而这种痛苦又有种神圣的光环，容不得任何段子的亵渎。

糟糕的是马上就要上台了，我现在唯一想做的事儿就是冲到外面的酒吧里把自己灌醉。陆军说：“刘东你没事儿吧？”我说：“没事儿。”她笑着说：“你是不是要把我撂这儿去追王艳了？”我吼了一声：“闭嘴！别给我提王艳！”陆军一时无语。我头痛得像被钝器击中了一样。天王说：“刘东你怎么回事儿？”我看着陆军受伤的眼神，举起手机说：“王艳刚给我发了《离婚协议书》。”

陆军把我拥在她柔软的藕荷色上衣和一股洗发露味儿的头发里。天王说：“要不然你今天别演了，找地方缓一缓。”陆军说：“他一定要上台，这对他有好处！”天王在台上报出我的名字之后，我稍稍有些神志不清，不知道该做什么，几乎是被陆军推上台的。我第一次演出也是被她推上去的，她简直就是我的台前推手。我在舞台上忍着心痛艰难地开始讲段子，抖包袱之前都担心自己气力不足，得停下来歇一歇，然后再把包袱推出去。观众大笑之后我也没有那么激动，只是机械地按捺住自己的情绪讲下一个段子。陆军的建议是对的，在聚光灯下拼命把段子一个字一个字吐出来的时候，我的确感觉自己的痛苦在观众的阵阵笑声中得到了一些缓解。

我不想在舞台上给自己找借口，活到这个岁数我知道这个世界上没有假如，没有所有条件都准备好的时刻，有的永远是意外。今天是老婆要离婚，明天是孩子在生病，后天是自己闹肚子，演员的任务之一就是要在舞台上把这些干扰都撇开，演出最好的段子。在台上我也提醒自己：别忘了，换个活法，反着来！

我又想到一个脱口秀技巧：情绪突变。我记得这个技巧是因为生物里有基因突变，听上去很恐怖，但其实突变是生物进化甚至是新物种产生的动力。我说："我老婆今天向我提出了离婚，是通过微信离的。结婚快十年了，我很难过，我是不是也应该用微信同意呢？我想我得用个表情包来同意。"然后我就模仿了几个夸张的"点赞""鼓掌"和"谢谢老板"的表情包。我接着说："现在不是什么都得在网上办了吗？以后大家离婚干脆也直播算了！家人们好呀！我也不想离婚，但离婚和结婚一样，都是老婆说了算。我该怎么办呢？老铁礼物走一波哈！给我送个火箭，让我前妻嫉妒嫉妒好不好?!"

路易斯·C·K有个关于离婚的段子："大家不要为我离婚而难过，因为没有人是在婚姻幸福的时候决定离婚的。"这样说来，我是不应该因为王艳而难过。可以看出我们的婚姻在她眼里就是一个探索我缺点的过程，剥开一层缺点之后又看到另一层，像是个集满了缺点的洋葱，越剥越发现后边的缺点越辣眼睛。从结婚两三年之后开始，我就不清楚王艳爱不爱我了。我也不敢问。

那我呢？大家都说女人感性，但女人在感情上是非常理性的，她们可以把感情梳理得很清晰。相反我觉得很多男人的情商很低，不知道自己感受到的是什么。我在情感上的最大投入就是避免和王艳冲突，每次她看我的时候我就试图揣摩她是不是又观察到我的什么毛病，每次她的视线从我身上移开的时候我都会松一口气。也许是这个原因，我很欢迎她家人来做客，这样她的注意力就不在我身上了。

我爱她吗？这他妈还用问？是那种匍匐在地、仰视着她的爱。但我也一直在暗暗地希望她能改变，能变成一个愿意理解我的人，容忍我的种种不足、缺点和失败。我在想：爱情不应该是无条件的吗？电影里不都是这样演的吗？王艳经常说我没长大、不成熟，她在家里就好像在伺候两个孩子——我和松松。但内心里我觉得她应该更成熟、更清醒，要知道每个人都是不一样的，我可能永远不会成为她心目中那种理想的丈夫或者男人。

陆军上台前让我等她一下，约我结束后去星巴克聊聊。

“你现在感觉好些了吗？”坐下来后陆军问道。这个问题让我很不爽，因为我想忘掉我的感受。但松松说得对，我真是没朋友了，这时候很需要陆军在身边。再说，她已经对我很不错了，而我几次为了王艳把她撂在一边，她也没太在乎。这回我没因为王艳把她放那儿不管，反而是因为王艳和她聊了好长一段时间。

我思绪凌乱地说：“可能是我选择做脱口秀，所以她想离婚。我不确定。我也不确定王艳是不是和迈克尔好上了，只是个隐隐约约的感觉。”陆军说：“有一个说法是，等你看得到烟的时候，火已经很大了。”我一时没大理解她的话，又感觉她是在教训我。我问她：“你谈过恋爱吗？”她突然变得像一个被戳穿了谎言的小学生，语速变得特别急促：“我中学就谈过，大学好多男生追我，前天还有个前同事跟我表白了呢！”看着她拼命为自己辩解的样子，激动得脸都有些红了，我有点想笑，但忍住了。

陆军说：“你不信?!”我说：“我信。”陆军说：“你连眨了好几下眼睛！你想嘲笑人的时候才这样，我知道！”我坚持说：“就我这德行，老婆都不要我了，还有资格嘲笑你？”陆军翻了个白眼：“可连你都瞧不起我。”

提到感情，没有人是真的不在乎，我不吱声了。陆军说：“不好意思，你刚离婚，我不该这么介意你说什么。”我说：“是我不好意思才对，我刚才的确是在心里嘲笑你来着。”陆军说：“我就知道！”然后一拳打在我胳膊上。我们俩都笑了起来。

星巴克关门之后，我们又去了一家酒吧，一直聊到凌晨两点酒吧关门。除了王艳之外，我没有和其他女孩聊过这么长时间。我也问了一下她最近生活上怎么样了，是不是还在追杨更。她把手一摆说：“我已经过了看长相的那股劲儿了。你看我手机屏保原来是露着八块腹肌的彭于晏，现在已经不是了。”是的，现在她手机上只剩下八块腹肌。

陆军说她现在开始欣赏男人的智慧了，男人普遍都很蠢，但是偶尔有些能够在精神层面上进行沟通的话也很刺激。我问她还嫉妒杨更的脱口秀段位吗？陆军说那股劲儿也过去了，她觉得自己的脱口秀目前发展得比杨更好：已经做了几个个人主打秀，并且被邀请去其他地方演出，但她有些担心一个女孩在外地的人身安全。

以前我因为追不上女孩而厌恶过女人，觉得她们太矫情太绝情，总把男的拒之千里之外，却又抱怨自己太孤单。现在看这也是出于自我保护的无奈之举，这个世界上有一半的人可能对你的身体感兴趣，体力还比你好，确实有压迫感。女脱口秀演员更不容易，写作和争取演出机会已经非常难了，还要另外注意人身安全。可能陆军很少生我的气，愿意和我沟通，是因为我是个安全无公害的已婚男人。

我说："王艳想分手让我太难过了，难过得不知所措，你是怎么熬过暗恋杨更还经常和他见面的那段日子的？"她说："很难受，但也熬过来了，尤其是看到杨更和普拉达在一起之后，我知道他喜欢的还是那种有胸无脑的女孩，但其实我两样都有！"我们俩又笑了起来。陆军说她只跟我说过她喜欢杨更，要我替她保密。我又想笑了。陆军对杨更的痴迷其他演员都知道，她做事不懂得遮掩，还觉得自己很神秘。但这次我忍住没笑。

陆军说她之所以想和我好好聊聊，是因为她知道感情上受伤可以有多痛苦，而她发现拼命讲脱口秀就是一种解脱。我说但也有讲得效果不好的时候啊。她说那也有办法，就是马上再讲一场，别让冷场的感觉在身上待太久。她还说可以介绍我去外地演出，换换环境。我本来也想好好梳理一下我和王艳感情上的事儿，但我都不知道从哪儿开始聊起，反倒是见证了陆军在感情和事业上都迈出了成熟的一步。

我们从酒吧出来，站在大街上。北京的高楼和夜空形成了一个忧伤的童话世界，我突然神经错乱地想去抱陆军，把她搂得越紧越好。我都能感觉到血液流到胳膊的肌肉里，随时做好伸出去的准备了。但我又知道不应该这么做，于是就站在那儿盯着她。她好像察觉到我的眼神甚至是我的意图，笑了笑说："你想干吗啊？"然后用手掌推了推我的脑门儿，继续说："你别想多了，回去早点儿休息吧！"

陆军离开后，我在马路牙子上坐了一会儿，感觉孤独和寂寞是一种肉体的折磨，体内像被泼了硫酸，五脏六腑都被痛苦烧伤腐蚀着。

我渴望拥抱陆军，但不敢当着她的面说出来。我喜欢她的一举一动，连她花痴其他男人的劲儿我都喜欢。我清楚陆军不会喜欢我，因为我不是她喜欢的类型。她对我好，只是出于一份美好的友情或者同情。如果我告诉她我的真实感受，她就会立刻从我身边消失，那样我会更加痛苦。我其实也拿不准我对陆军的感情是爱，还是只是离婚后缓解内心剧痛的一个暂时性抚慰？

转念一想，我纠结这个也是没有意义的：即使我真的爱她，她也爱我，一个相貌平平、没钱没背景的离婚男人，能给她带来什么呢?

我打开了离婚协议，只有两页。

一份十九页的合同让我得到去其他场地锻炼的机会。

一份两页的合同让我即将失去现有的一切。

第八章

全国巡演

有个英文单词叫“phantom limb”（幻肢），是指有些人在截肢之后还有这些被截掉部位仍然存在的幻觉。接到王艳的《离婚协议书》后的几天里，我躺在酒店的床上确实感觉到了phantom limbs，觉得老婆孩子还在身边：我躺在左边，王艳躺在右边，松松躺在中间把腿架在爸妈身上。松松很爱听我们给他讲他刚生出来那两年的故事，眼睛里充满了好奇和神往，那种感觉像是在给粉丝讲一个他偶像的故事。

有天晚上，我做梦梦到我们三个人又在一起了，听松松自信满满、像个小大人一样地说话，我们俩笑得前仰后合。《权力的游戏》里，那个最受苦的史塔克王子也最有洞见未来的能力，人在极度痛苦的时候好像是有点儿这种预感未来的本事。我做完了那个梦之后就收到了王艳的微信，说松松要为一个朋友在家里办一个派对，他希望我也能去。我不能忍受看到王艳，就拒绝了。过了好几个小时，王艳又发来微信：“松松想你，他每天晚饭还要放一副给你的碗筷。”

松松好像突然又长了个儿，但当我用胡子扎他脸的时候，他还是会像以前那样大喊大叫。我问他：“学校最近都发生了什么？”他说：“嗯，对了，昨天有三个同学因为早恋被老师批评了。”我好奇地问：“怎么是三个同学？”他说：“另外一个是媒人。”王艳听到了说：“不要早恋啊松松，初恋一般都没有好结果。”松松说：“没事，我已经第二次了。”

我早到了几个小时，帮忙布置了一下派对，但很明显王艳一直在尽量避免和我单独相处的情况。听到松松说他已经谈第二次恋爱了，王艳马上示意要单独和我聊聊。她小声说：“你和松松单独聊一下青春期的事儿吧。”我说：“还是你来说吧，我从来没有上过性教育课。”王艳嘴角上扬了一下：“这个我能看出来，但最好是父亲和儿子讲这个话题。你和他在一起的时间也不长，你不想让他记忆中的你只是和他一起玩过乐高和水枪吧？”

我在客厅和厨房之间站了一会儿，又走了走，就是想不好该怎么和儿子说这个事儿。上网搜了一下，好像这是一个举世公认的难事儿，但又是一件有意义、让孩子永远难忘的事儿。我说的是实话，我的老师和家长都没有和我说过这种事情，难道是男女生分开上的那一节生理卫生课被我翘掉了？也许我该把这事儿跟儿子讲一下，引以为鉴，不要翘课。

我想到了脱口秀里要开启一个话题的时候，如果没有好的包袱作为开始，最好的办法就是开门见山，直接引入话题。想好话术是一回事儿，找到开口的勇气是另一回事儿。为了给自己鼓劲儿，我走到沙袋那里打了几拳。松松问我："爸你怎么看上去那么严肃啊？"

我把松松带到他的房间里，关上门，然后单刀直入："爸今天得和你聊一下关于'性'的话题。"松松认真地说："爸，你想知道什么？"我倒是被他问住了，清了清嗓子："你，都知道了？"

他说："对啊，我看过一本书，里面全是干货。"我问："什么书啊？"松松说："《三字经》里面说了，人之初，性本善，性相近，习相远……"我说："这就是我想知道的。"松松脸上浮现出得意的表情。

接下来我做了个不太地道的事儿，夹了些私货。我问松松："这段时间爸不在，有叔叔阿姨过来玩儿吗？"松松说："有迈克尔叔叔、冯叔叔和冯阿姨。"我又确认了一下："这两位叔叔都来家里玩过？"他说："是。他们还邀请我去他们家玩儿呢！"我继续问道："他们来家里玩儿，一般会玩儿多长时间？"松松说："不长，一个小时吧。"我说："哦，那还好。"松松从我身上遗传过来的严谨劲儿突然上来了，他想了想说："不过具体我也说不上有多久，因为我九点钟就睡了。"

松松的话一下子让我陷入冰冷的猜疑和嫉妒中。勉强和松松玩了一会儿玩具枪后，我从他房间走出来。客厅里的王艳已经等得不耐烦了，她问："谈得怎么样？"我说："挺好的。"王艳说："说具体点儿。"我说："其实他都知道了。"王艳将信将疑地看了我一眼，说："松松！过来！"松松走过来，王艳问他："松松，你知道孩子是从哪儿来的吗？"松松一脸得意地说："这个我们学了。孩子是人，人是从猴子进化来的，所以孩子也是从猴子进化来的。"

女人相信直觉，而我相信证据。回味了一下陆军那天晚上的话，我明白了她的意思是王艳有可能是和迈克尔有了感情，先给自己找好了下家后，再提出离婚的。松松的话让我感觉陆军可能是对的，但还是需要证据。迈克尔和他的另外一个同事也来参加松松的派对。我稍稍提前离开去参加一个演出，演出结束后我又回到王艳的小区，从街上看着那个曾经属于我的家，希望能看到王艳有没有留人过夜。家里没有灯亮着，我觉得自己既可怜又可悲，甚至开始同意王艳对我的看法：活得太窝囊。

回到酒店我睡不着，想着干脆早上就去王艳的小区周围看看，迈克尔到底有没有留下过夜。我把闹钟设成早上六点，但设了闹钟就更睡不着了，满脑子都是世界末日的魔幻景象。我只好给前台打电话，要他们给我一个叫醒服务。我被电话铃声吵醒之后一看表是五点，我生气地问前台："不是告诉你早上六点叫醒我吗？怎么五点就打来了？"他说："我先试一下电话好使不好使。"我说："电话不好使你可以来敲门啊！"我撂了电话后又睡过去了。一醒来发现是上午十点了。我又给前台打电话，对方说："我七点钟去了你房间，但是看到你门上有那个'请勿打扰'的牌子就没有敲门。"

王艳给我发了微信，问我离婚的事考虑得怎么样了。我问她是不是有了外遇，她说没有，只是想一个人带着松松过了。犹豫了好长时间，最终没能下决心问她现在还爱不爱我。可能是不敢听到答案。

我说："如果我放弃脱口秀呢？能不离婚吗？"她说："我想明白了，我也不愿意你为了我放弃你喜欢的事儿。"过了一会儿，她又说："有时候我和你吵架，不是你犯了什么大错，只是我不开心。与其两个人在一起不幸福，不如一个人过。"她的话让我很愤怒。这么多年来，她一直说所有的争吵都是我的错，直到现在分手了才说出真相。这让我开始怀疑她别的话是不是也是假的，比如她说她没有外遇。

那天下午，我去了王艳公司楼下的街口等了一个多小时，也没有等到她出来。她可能又加班了。我告诉天王我有点事儿得晚些上台，然后继续在王艳平时下班去地铁站的路上等她。

平时看着北京熙熙攘攘的上班族，操着各种方言在电话上谈生意或约人，心里总有股安全感和兴奋感，一群陌生人聚在一起谋生，我们都是这股时代潮流中的小小浪花。所以我特别讨厌看到开着跑车耀武扬威地从人群中穿过去的人，不就是有几个臭钱吗？有钱没有错，但有必要在一辆个子小、声音大、门往上开的车上面花几百万吗？把这个钱用在投资研究治病的创业医药公司上不是更好吗？害得我们求爷爷告奶奶地拉投资，甚至像我这样最后丢了饭碗。

我和王艳都考了驾照，但就是没买车。在北京这样一个大城市不买车不方便，买了车也不方便。我索性就不买了，少一个彰显自己经济实力的东西不是件坏事儿。

路上的行人和车辆渐渐少了起来，这时一辆奔驰引起了我的注意，因为开车的是迈克尔。他把车停在路上不久，王艳走了过来。迈克尔打开车门，让她坐在副驾驶上。这一幕很魔幻，让我想起那个老段子：宁可坐在宝马车里哭，也不坐在自行车后面笑。

我认为我得到了答案，于是起身往天王俱乐部走，边走边想：王艳和迈克尔是从什么时候开始好上的？真的像陆军说的那样，是找好下家才和我分手的？我有时候觉得很邪门儿，接触到的好多老外好像是到中国一下飞机，就能立马找个中国女朋友。中国其实不仅应该要有性教育，更应该有恋爱课，提高中国男性的情场竞争力！我知道这么想很狭隘排外，也知道这件事主要还是我的问题，但只要一想到迈克尔，我的气就不打一处来。

北京一直让我有压迫感。在东北农村长大的孩子都很向往北京，以至于一听见北京口音都能让我小小地自卑一下。不管是科研机构还是公司，到处是人才，什么北大双博士、省状元、五百强企业家等。不光是国内的顶尖人才，还有世界各地的人源源不断地涌来北京。北京老外多到什么地步呢？北京有两家英语脱口秀俱乐部。看演出的观众来自世界各地，什么非洲人、中东人、欧洲人都有，有时候甚至是伊朗人和美国人坐在一起笑，这可能是在联合国都见不到的情景。

那天晚上这种感觉更加强烈，好像全世界各个国家和民族的人都来到这里给我的生活施压，层层加码，让我感到呼吸不畅。我和陆军说起我看到的王艳和迈克尔的事儿。陆军却说："你看到他俩亲热了？"我说："那倒没有。"她说："那人家可能也就只是工作关系，帮个忙，或者教孩子英语什么的。"我有些急了："那是谁说的什么看见烟的时候，火已经很大了？"陆军说："我只是说有这个可能性，但你也没必要庸人自扰啊！"这话我听着有些不开心，是她让我起了疑心，现在又责怪我多疑。

我累了，看谁都心烦，开始有逃离北京的想法，问了一下天王去外地演出的事儿。他笑着说："城里套路深，我要回农村？哈哈哈！"难怪天王讲不好脱口秀，他总用些网络流行语来冲淡自己的语言风格。

清原镇属于白桦县，那个县没有机场，只能坐火车，而且是绿皮火车。此前，我最后一次坐绿皮火车是念大学放假回老家的时候。还记得那时几个老乡问我是什么专业的，我说生物化学。一个大爷又问："那你现在具体在学些什么？"我说："研究酶。"他说："那你毕业去煤矿上班？"

到了白桦我直奔酒店，入住之后发现房间里已经有好几个包小姐的名片在等着了。他们是不是对我的喜好有什么误解啊？真不知道这些小广告是怎么运作的。我和松松在北京人行道上走路的时候，还见过前面的一个中年男人偷偷往地上丢这些小广告名片，松松还想捡起来还给人家。我说有时候人掉东西是故意的，随他去好了。

酒店里的非吸烟房间里一股浓浓的烟味儿，烟灰缸里面还有黑色的烟灰，地毯上有被烟头烧出的窟窿。我质问前台：“不是非吸烟房间吗？怎么有人抽烟呢？”前台大妈也很客气：“人家是客人，想抽个烟咱也不好说啥，对不？”我曾经是一个嗜烟如命的人，不管什么天气、什么身体状况都想抽烟，风大的时候迎风点火，感冒的时候从一个鼻孔往外冒烟。实验室里的人说：“你不知道抽烟致癌吗？”我说：“你不知道烟草是税收大户吗？税收的一部分会给到癌症研究上，所以我抽烟是在治疗癌症，好不好？”

有个说法是：戒烟的人不值得深交，因为狠心绝情。我倒是为了王艳一点儿一点儿地把烟给戒了。开始是怕给她留下坏印象，怕她又回到冯凡的怀抱，后来她和冯凡断了之后，是怕影响她的健康和容颜。我不想成为一个把洁白的维纳斯雕像熏黄的人。她从来没有要求我不抽烟，但我就是没法在她面前抽烟，前前后后戒了八次烟，最后一次干脆把她的照片和烟放在一起，逼自己不抽，才成功戒掉的。

下午在县城转了转，打听了一下打的去清原镇要多少钱，司机们有要一百五的，有要两百五的。我感觉这些开销除去之后也挣不了多少钱，难怪很多演员都只愿意待在北京讲。我在县城的中心竟然看到了一家麦当劳，像是看到北京驻白桦办事处的感觉，马上又和北京恢复了联系。走进去之后，几个送外卖的坐在那里盯着我看，眼神儿里面有一丝幽怨，好像抢了他们的生意一样——为什么不用外卖?!

我想了个办法——在麦当劳用手机叫个外卖，然后和来取餐的骑手商量了一下，多给他四十元让他带我去清原镇。他笑了说："也不看看我的电瓶车后面有个箱子，没法坐人。"这时候，旁边的一个骑手说他的电瓶车没有那个箱子，可以带我。这个骑手带着我在繁忙的农贸市场里穿梭，时不时来个急转弯。我有生以来第一次从背后把一个男人抱得这么紧。

骑出县城之后，路上车辆一点点少了起来，风也一点点大了起来。有很多家长骑着电瓶车接孩子放学回家，我看着渐渐落下的夕阳照在家长红润的脸上，他们的头发被吹向一侧，满满的天伦之乐，不禁感慨自己从一个乡村小学出来，辛苦打拼，见了世面，不也是和他们在同样的地方奔波忙碌吗？只不过是少了天伦之乐而已。

到了镇里的剧场，发现那是一个社区的慰问演出，男女老少都有，其中也有在路上骑电瓶车遇到的那一家人，我一眼就认出他们来了，因为我们几个有同样的被风塑造出来的、带着些许柳絮的发型。陆军警告过我，说一些小城镇或城乡接合部的观众不是很"吃"脱口秀，有些人看得也不专心，还得看好孩子，现场连安静下来都难。脱口秀这个东西和其他艺术一样，是内行演给外行看，并且由外行来评判。好在这些脸都是我从小就熟悉的脸，那些在爆米花机旁边等着听个响儿、看个冒烟、凑个热闹的脸。这可能就是脱口秀或者是娱乐的本质：

打发时间。

我是在东北农村长大的，我妈是村里的医生。那时候村民没有去医院看病的习惯，一有病就来我们家，所以我小时候是什么病流行就得什么病。记得有一次，我连续几天发烧到三十九度、四十度，还得写作文。别的孩子写的是“我长大以后要干什么”，我写的是“如果我能长大……”。这些村民很感激我妈，有的会扛一袋自己做的玉米面和红豆小烧饼，走一上午的路来我们家谢谢我妈，然后再赶一下午的路在太阳落山前回家。

演出的头十分钟都很艰难，根本没法吸引观众的注意力。我干脆也不讲段子了，就问：“大家想看个绝活不？”这样一说大家来了兴致：“想！来一个！”我努力从侧面翻个跟头，但翻到一半就摔倒在台上，观众哄堂大笑。站起来后，我说：“我来这里是有啥给啥了。大伙儿给我个面子，听我讲两个段子好不好？”有些人不大理解什么是“段子”，我又加了一句：“我讲两个笑话好不好?!求求你们了，好不好！”

大家的注意力集中到了舞台上后，我索性聊起了老家的舅舅：“我舅舅从来不拿我当外人。去年回老家过年，到他家拜年，他见了我就说：‘刘东啊，我一直拿你当亲生儿子啊，这张卡里面有二十万。’我说：‘舅舅您的意思是？’他说：‘你能不能再添三十万给你外甥买个房？’临走时，我舅舅还要送我。我说：‘您别送，今天是大年初六，咱这儿有个讲究，大年初六送穷鬼！’他还非要送。我说：‘您再送的话我可要去剃头了！’”

我想尽一切办法把演出撑了一个小时，结束后还有些人过来合影。我第一次有了当明星的感觉。每个演员都是为了被人认可甚至追捧才演脱口秀的，但是刚开始有观众想合影我还是很紧张的，脑海里一直在想：牙缝里没有菜叶吧？鼻孔还算干净吧？摆这个剪刀手是不是很傻？我这张流着鼻涕、牙缝里夹着绿菜叶，还笑着比剪刀手的照片不会流传到网上吧？

第二天早上起来，我放松了许多，开始注意到周围的山包、松树和玉米地，以及悬在空中闪闪发光的高压电线。街上大喇叭里传来的音乐，还是三十多年前我在乡下听到的歌。一大早就已经有人支起了麻将桌。我迎着风走了一会儿，脑子里响起费翔的那句歌词：吹来故乡泥土的芬芳。

又往前走了一会儿，穿过草丛和矮树后，是一个河套。在看见它之前，我就已经能闻到老家河水的味道，河床上和岸上布满了大大小小的鹅卵石，被水磨得很光滑。儿时最擅长的体育活动是打水漂，看来是有原因的。沿着河岸稍微走了一会儿，又看到几个泉眼。家乡的泉水很纯很干净，小时候学校野游我们就直接喝泉水。看着这泉水就想起了我妈给我精心准备的吃的。

这里离老家只有几十里路。我本来是想回老家疗伤，但又觉得可能很难不告诉他们王艳已经提出和我离婚的事。记得离家上大学的时候，我妈哭了，我特别不理解这有什么好哭的，我随时可以回来啊！后来才发现，长大了以后，家是很难回的。大城市压力大，回老家父母压力大。

人生就和脱口秀现场演出一样，是一锤子买卖，没法重新再来。一瞬间物是人非。

我每周都会和家里通个话，偶尔提及一些问题的时候，我爸总是很乐观地鼓励我，好像他的世界里没有一丝乌云。有时候很讨厌他这样，总感觉这样的乐观不真诚，过于简化别人的痛苦了。后来我一点点地意识到，这是因为我妈操心的性格很容易上火睡不着觉，这么多年来我爸已经习惯于时时掰正她的悲观情绪了。

有时候，我看着松松熟睡的小脸，心里充满了甜蜜和幸福，会想象当年我爸妈是不是也曾这样看着我睡觉。我觉得绝大多数感情和想法，可能是几千年来大家都有过的，它们随着个体的逝去而消失，又随着新一批人的诞生而再次来到这个世界上。

一阵风吹起来，我越想越凄凉。“我们不过是风中的一粒尘埃”，像那首歌《风中尘埃》里唱的一样：“生命是短暂的瞬间，把眼睛闭上一会儿，那个瞬间也消失了。”在北京，我的phantom limbs是王艳和松松；在老家，我的phantom limbs还多了我的父母。

我在一块石头上坐下来，把蓝天、白云、树木、山川、河流依依不舍地看了个遍。它们不知道我多爱它们。但除了勾起我的回忆，让我感叹人生的短暂和虚无之外，它们也没帮到我什么忙。我的生命在逝去、在结束，自然风景就在那儿静静地、美美地围观。

我起身捡起地上的一块鹅卵石想打个水漂，鹅卵石下面的一条蚯蚓开始蠕动起来。记得小时候我们把蚯蚓砍成两段，那两段还都能各自活下去。难道这就是我冥冥中来到河套想要寻找的启示？我的人生被碾成了两节，但还是可以活下去的。

面朝老家的方向，我默默地向爸妈再次告别，希望我们能在更好的时候再见！

这次从外地回北京没有一点儿以往的释然，好多事情都不知道从何做起。为什么我的生活总能用“一地鸡毛”四个字来形容？

在火车上看到王艳给我的微信，说能不能尽快把离婚协议给签了，这么多年夫妻一场，大家都不希望走法律诉讼程序。伍迪·艾伦曾经说过：爱情转瞬即逝，离婚永远伴随着你。签了，就是一辈子的事儿。我心情很沉重，但这几天都是她在联系我，求我，我还有点儿舍不得放弃这种有主动权的感觉。在路边找了个打印店，把离婚协议打印了两份，我感觉打印店老板多看了我两眼，就急忙把协议放进包里离开了。包沉重得令人窒息。

我一定要找到陆军。

在天王俱乐部里，我急不可耐地找到陆军，对她说：“我马上就要签离婚协议了。”陆军说：“那就签呗。”她的口气漠不关心。我看了一眼她的脸，是洗过的，好像还化了妆，但口红的边界有一些模糊。我问她："你怎么了？"她说："我不想听人诉苦了，累了。"我问还有谁和她诉苦了，她说杨更刚和她诉完苦。

网络上的短视频好像黑洞的入口，看一个马上就会被吸进漩涡里，一个接一个地看下去，几个小时之后才想起来，原本拿出手机就是想看一下时间。前几天看到23号的一个短视频火起来了，里面他和一个观众对骂起来，因为23号在和观众互动的时候说对方丑。那个观众要上台打23号，被王铜拦了下来。这个视频很明显是摆拍，但也在抖音和快手上引发了热议。23号粉丝量暴增，王铜马上开始给23号开了几个专场。

然后是杨更的关于失恋的段子也被推送过来。"因为我买不起普拉达给她！"台下一片笑声和掌声，杨更马上又加了一个反转，"但现在很多女的想给我买普拉达"。陆军嘴上说已经不看男人的长相了，但杨更失恋后段子讲得更好了，她又被其才华所吸引。她时不时地给杨更买个水果盒，找他聊天。今天杨更终于主动想找陆军聊，结果聊的话题是普拉达把他拉黑了之后他有多痛苦。

"我他妈烦死你们这帮死男人了，都怎么啦？失恋了就要找个娘们儿抱着哭一会儿吗？"陆军愤愤地说。

我笑了起来，拿出离婚协议书在上面签了字。

第九章

努力反弹

离婚是个什么感受呢？好像从悬崖上掉下来，开始还没意识到会有多惨，还会看一眼峭壁上的玫瑰，但过会儿就在谷底粉身碎骨了。

我开始怀疑自己作为一个大龄不知名脱口秀演员，会不会就这样永远单身下去，最后在一个廉价公寓里孤独终老。其实这倒也能接受，但松松会不会有一天因此而鄙视我呢？这个想法让我心如刀割。

脱口秀一如既往是个很好的解脱，但刚离婚那几周，脱口秀舞台上获得的存在感就好像是海滩上美丽的沙雕，刚下台，寂寞就像潮水一样立即把它冲垮。

天王给我开了一个派对，欢迎我来到光棍脱口秀演员的行列。派对在一个酒吧举行，大家举杯庆祝之后就都散开，找女孩聊天去了。

看到23号一个人在角落里待着，我同病相怜地过去问他："最近怎么样？"23号紧张地说："离我远点儿，我在给女孩一个孤独高冷的男人形象，这样她们会对我好奇！”我心想这倒是个好办法，也走到另一个角落站着。23号走过来对我说：“你干什么？”我说：“按照你说的，孤独高冷一下。”23号认真地说：“你这是山寨我呢！两个人自己站着对女孩就没有吸引力了，她们以为咱俩斗法呢！”

我独自找到一个沙发坐下来。一个衣着文艺的女孩坐到我身旁，她说：“你好，我叫雯俪。”我也做了自我介绍。她说：“我有点儿渴了。”我连忙说：“我包里有水……”雯俪打断我说：“服务员！酒水单！”然后点了一个莫吉托，价格是两百元。我急忙说：“我什么也不要，有事儿得先走了。”服务员说：“您先把这位女士的账结了吧。”我付了钱之后转念一想，反正我也花了钱了，就多待一会儿。

乐队音乐起，我拉起雯俪跳舞，结果发现是乐队在调音，又尴尬地带着雯俪回到座位。雯俪说：“很少有男的主动想跳舞。”我说：“我怕没话说。”雯俪笑了笑说：“好了，乐队好像要开始了，这回可以跳了！”她拉着我进了舞池。其他脱口秀演员开始起哄，我倒是很受鼓舞，再加上好久没进行锻炼了，于是使出洪荒之力摇摆，身上的部分肥肉被我甩在后面，然后它们又急起直追，和身体的其他部位会合，然后再次被甩开。

雯俪微笑着说：“其实你动作不用很大，只要跟着旋律晃一晃就行。”我说：“但那样释放不出来我内心的激动啊！”雯俪贴着我耳朵说：“你知道我是这儿的酒托吧？”我故作惊讶地说：“天啊，你是酒托？我以为我遇到真爱了呢！”

跳完之后我们在一个沙发上坐下。我看着她一身漂亮的打扮和高傲的下巴，感觉一只冰凉的手扼住了我的喉咙，什么话都说不出来。雯俪又点了两个莫吉托，然后大声说：“你是不是特别紧张？坐得离我那么远，手也攥成了拳头。”我朝她挪了挪：“我是个理工男，看见女孩就紧张。”

雯俪问：“为什么理工男这么缺乏自信呢？”我说：“因为理科有个客观绝对标准，谁也超越不了爱因斯坦。文科生研究人文，每个人都是独特的，所以更自信一些。”雯俪说：“不过，你和我跳舞的时候真的很自信，跳得不好，但很有感染力。你和我见过的理工男不大一样。”我说：“可能是我在说脱口秀的缘故吧。”雯俪说：“哈哈哈，你真应该试着说说脱口秀，你今晚太逗了。”我说：“你是酒托，我是脱口秀演员，找个机会我们一起脱（托）！”

我讨厌这个烂梗，但雯俪笑得前仰后合。

23号不知道什么时候坐到了我们对面，我们三个人都没有话说。过了一会儿，一个朋克乐队开始演奏，23号一个劲儿地跟着乐队的节奏点头。雯俪问23号：“你喜欢朋克吗？”23号深沉地说：“朋克就是我的生命。”雯俪感兴趣地问：“你玩过朋克吗？”23号说：“当然玩过。”雯俪追问：“什么乐器？”23号说：“二胡。”

我赶忙打圆场：“23号擅长把各种艺术形式融合到一起。”23号表现高冷，但只要雯俪的视线一转移，他就盯着她看。这时另一个漂亮女孩，估计也是酒托，坐到了23号身边。

雯俪说："23号，这个名字不错啊。"我说："是啊。莎士比亚说……"因为音乐声音大，女孩问："莎什么比？"由于她的口音，她的话听上去是："傻什么逼？"大家忍不住笑了。她的口音有些拉胯，甚至毁容。

23号站起来，盯着女孩的脸看了一会儿，好像她的脸是一口井，他的魂儿掉进了这井里。他又突然抬头看向远方："咱俩出去抽根烟吧。"女孩说："我不抽烟。"23号说："太好了。我也不抽。"然后带着女孩离开了。

雯俪转过头问我："莎士比亚说什么了？"我说："What's in a name？大概意思就是名字很重要。我这个名字就很俗套，刘东。"雯俪说："What's in a name的意思是名字不重要吧？"我说："对啊。你的英文很好啊。"雯俪说："我是英国文学研究生。你一定很好奇我为什么当酒托。我就是想在学校实习期间体验一下，练练自己的酒量，也观察一下人生百态。光我说了，你在想什么？"

我说："其实我没有好奇你为什么当酒托，我好奇你见过最怪的人是什么样的。"雯俪说："这是最让我失望的部分，顾客都太正常了，干了一段时间就特无聊。但有一次我吓了一跳，一个男的喝多了把手放我腿上。"我说："那儿有保安吧？"雯俪说："那个男的就是个保安。还好我练过巴西柔术。"我问："后来呢？"雯俪答："后来他被开除了，但我也不想在那儿干了。"我说："那就好。"

雯俪又问："你是不是嫌弃干酒托的？"我说："不是。我是担心你的身体。酒精在人体内会转化成一种醛，这种醛能诱发基因突变的。”雯俪说：“哦，原来如此！我可一点儿也没听懂。”

好多年没有和女孩搭讪聊天，突然又是喝酒又是跳舞，我感觉特别疲劳。我向她告辞，她说：“今晚你没太放开，下次来要多喝多玩儿。我们加个微信吧。”

第二天中午我收到雯俪的微信：“明天今日美术中心有个画展，一起去？”我问是谁的画。雯俪发来一个海报，标题是“莫奈到毕加索：从印象派到抽象派的过渡中的巴黎”。我说：“这也是一个关于我长相的过渡。”雯俪说：“哈哈哈，去呗。”我说：“去。”

我以前怎么也看不懂抽象画，基本上就是丑和切片。而且一个难看的土豆，你把它切了也还是难看。我开始理解毕加索，其实是从他的早期作品看到晚期作品，那是一个特别神奇的过程。你能看到他观察事物的目光越来越犀利，角度越来越刁钻，从审美转为审丑。雯俪从毕加索展的一头走到另一头，边走边说：“真的有感觉，很震撼，很刺激，但又说不清。”我笑着说：“能说清楚的话还画画儿干吗？”雯俪感叹道：“一个人如果能把一门艺术做到这个境界，活得就值了。”

我说：“其实在脱口秀演员里，也有人给我一种毕加索的感觉。”雯俪问：“谁呀？”我说：“有个叫史蒂夫·赖特的，他有个段子说：‘我买了一桶用过的油漆，它的形状是个屋子。’”雯俪说：“这个段子太冷了，不好意思我笑点高。”我说：“我不明白为什么大家说‘我笑点高’的时候都很得意，好像是个优点似的。其实有的时候就是没get到笑点而已。”

雯俪问：“你什么意思？是说我理解力差吗？”

我说：“我不是说你，我只是说……”

雯俪说：“你笑点也很高啊。”

我这才明白她的意思：“哈哈哈，我是不想惹你生气。”

有些话一出口就让自己不舒服，让我想抽自己：这么无聊乏味的话也他妈说得出口?!

我们看完画展，去了附近的一家咖啡厅，发现门口停满豪车：玛莎拉蒂、法拉利、劳斯莱斯等。这些富人怎么都喜欢来这家破咖啡厅喝咖啡啊？是想从梦幻般的生活里面醒过来吗？

雯俪坐下来就问：“你最喜欢的脱口秀演员是谁？”我说：“是伍迪·艾伦，因为他不仅把脱口秀讲到头部，还开创了从脱口秀演员视角拍电影的先河，并且自己导演和出演。好几十年过去了，大家还在做同样的事情，把脱口秀影视剧化还是脱口秀领域的最高成就之一。《安妮·霍尔》是讲一个脱口秀演员的故事。《午夜巴黎》则是直接把他在二十世纪六十年代的一个两分钟的段子拓展成了一部电影。”雯俪眨了一下眼睛说：“你做脱口秀是想将来当导演？”我说：“这个逻辑有点怪。好比梅丽尔·斯特里普[1]也说英语，所以你学英语是为了将来当演员

1 梅丽尔·斯特里普（Meryl Streep）：美国著名女演员、歌手、制片人，曾获多项国际影视大奖。

吗？”雯俪说：“是挺奇怪的。《午夜巴黎》我记得，《安妮·霍尔》我几年前看过，但不大记得了。”

于是我们在咖啡馆里找到了一个小包间，用我的电脑看起了《安妮·霍尔》。伍迪·艾伦在这部电影里说出了他的那个经典段子：“哲学考试的时候我作弊了，因为我窥视了我同桌的灵魂。”

雯俪说：“这个段子笑不出来，但感觉很有道理啊。”我说：“但是这些段子往往是多年以后大家能够记得住的，那些现场效果很好、很炸的段子反倒经不起时间的考验。”雯俪说：“和你看完了这部电影，感觉对它有了和之前很不一样的理解，脱口秀原来还可以这么博大精深啊。”看完电影后她打算离开了，我说我还得留下来写一些东西。过了十几分钟后，我在咖啡馆门口花了半天时间才在一辆宾利后面找到了一辆共享单车，骑着回了家。

北京就是这样一个神奇的城市，前一天还在美术馆里面阳春白雪，第二天就在胡同垃圾桶旁边和几个脱口秀演员一起边吃西瓜，边把西瓜皮扔进垃圾桶里。

中国有世界上约20%的人口，却吃掉世界上近70%的西瓜。这是有原因的，因为西瓜这个东西既解渴又抗饿，陆军甚至用它来洗脸：她咬得比较深，一些西瓜残留在她脸上。我感觉告诉她和不告诉她都很尴尬，所以应该晚点儿再告诉她。

我说：“你们知道吗，陆军今天让我们意识到西瓜可能对皮肤好。”陆军说：“是真的吗？”天王笑着说：“你在用行动告诉我们是真的。”陆军说：“我们不是都吃西瓜了吗？”23号说：“但只有你把它敷在脸上。”陆军把脸上的西瓜籽取下来后朝我扔过来。我说：“你干吗冲着我来？”她说：“他俩不知好歹，你怎么也取笑我?!”说着说着，她脸都气红了，但也有可能是西瓜瓤的颜色。

我让她捶了我几拳算是扯平了，天王却还不放过她：“这么生气，是不是追杨更追得不顺啊？”陆军气得耳朵都红了。我急忙打岔说：“瞎说什么呢？是杨更追陆军好不好？”23号说：“拉倒吧。我们都看到陆军给杨更买果盒啦！”我忍不住接了一句：“那是她自己敷脸用的！”天王和23号笑了起来。

陆军转身就跑，天王和我急忙追上去。天王说：“陆军别生气啊！这么多年你应该也知道咱们说话没遮拦。”我心里想这不能全怪我们，陆军自己办事也真够糙的，花痴就算了，还在这么多靠嘴吃饭的人面前毫无顾忌地向自己的男神献殷勤，这不是自取其辱吗？但我又想，另一方面这也是陆军真性情、不造作的可爱一面，我们也的确不应该取笑她。

我说：“这都怪我，应该早点儿告诉你脸上有西瓜的。真对不起啊，都是我的错，保证以后不会这样了，好吗？”陆军明显心情好了很多。我也暗自庆幸自己多年的婚姻经历让我道起歉来轻车熟路，感人肺腑。

陆军又问我：“听说你在追一个酒托？”我说：“对，她叫雯俪。我的酒量大有进步。”她追问：“追到手了？”我想了想说：“呃，她好像对脱口秀比对我更感兴趣。我为脱口秀赢得了一位粉丝，却没有为自己赢得一个女朋友。”说完，我突然感到胸腔很不舒服，有很大的压迫感。我蹲了下来，陆军感觉不对劲儿，也蹲下来问我：“你没事儿吧？”天王说：“不就是一个包袱没响，至于吗？”他们几个笑了一会儿。

我说：“我真的不舒服。”

多亏陆军和天王把我送到了医院，他们俩跑来跑去帮忙挂号缴费。当我的名字终于被念到的时候，我挤进了大夫办公室，准确地说是我们，一群其他患者和我，一起进了大夫办公室。我的心里开始祈祷千万别是什么丢人的病，比如痔疮什么的，这么多人看着好尴尬。

大夫开门见山地问：“你觉得你得了什么病？”说得好像得什么病是可以商量的似的。我说：“说不准。我突然觉得胸疼得厉害，是不是心脏病？”大夫面无表情地说：“不是。心脏病不会是那儿疼。”我斗胆猜了一下：“癌症呢？现在肺癌很多。”大夫办公室的气氛一下子凝重了起来。

大夫说：“我看一下。”我掀开衣服。大夫一边摸我的胸部，一边说：“你是干什么工作的？”这时，陆军挤了进来回答道：“他是个脱口秀演员。”大夫说：“是吗？给我们来一段儿呗！”我说：“还是别了吧，这不是讲脱口秀的地方。”陆军和我耳语：“你还是讲吧，让大夫对你好点儿。”我说：“好，我讲一个段子吧。嗯，我上个月买了一个冰箱，售货员跟我说这冰箱质量绝对保证，一直到……”

后面的一个秃顶患者打断我说：“别讲了，赶紧看病吧，这么多人在等呢！”陆军低声对我说：“着急是治不好秃顶的。”据说狗能够听到人耳听不到的一些声音频率，而我能够听得到别人听不到的陆军低声说话的声音。另一个嗓门儿大的患者说：“让他讲完了，大家笑笑也能治病啊！”秃顶患者也提高了自己的嗓门儿：“我有轻微脑震荡，一笑加重了你赔得起吗？”

我意识到大夫已经摸了我好半天了，问道：“我乳腺不增生吧？”有患者发出了笑声。大夫说：“什么乳腺，我在检查你的胸部。嗯，你这个胸部发育倒是正常。先去拍个片吧。”

我和陆军在迷宫一样的医院走廊里穿梭着找放射科，我嘟囔着：“早拍片不就行了吗，干吗摸我这么长时间？”陆军说：“他开始行医的时候X光可能还没发明呢！”

到了放射科我问拍片的护士：“X光辐射对身体没有害处吗？”护士穿上厚厚的防辐射服后说：“没有害处。”“那你怎么穿这么厚的防辐射服？”这个问题被我压在脑子里没有释放出来。

过了一会儿，我排了另一个队，从护士那里拿到了X光片。陆军故作惊讶地问护士：“天啊！他太丑了，能用美图秀秀给他拍一张吗？”护士给了她一个白眼，我模仿护士也给了她一个白眼。我焦急地问护士：“我的肺怎么样？”她说：“有结节，但这个大小不知道是不是肿瘤。你明后天再来，带着这个片子让大夫看一下。”

因为有陆军和天王在，只要身体不那么疼，所有的疾病甚至死亡好像都不是真的，我甚至还想和他俩开开玩笑。他俩倒是很焦虑，天王对陆军小声说：“我去！我叔叔去年得肺癌死了。”陆军说：“天王你会说人话不？刘东肯定没事！”天王随声附和：“对！肯定没事儿！”

陆军说：“时间还早，我请你吃个饭？”我突然有些伤感：“我就想写几个段子，都两天没写段子了。我感情不顺，商演也不卖座，就想写几个好段子，讲到人气爆棚！”于是我们三个去了附近的肯德基，像三个小学生一样边吃汉堡，边写段子。更准确地说，是我和陆军在写段子，天王在那儿玩手机。

过了一会儿，天王说王铜给我安排了几场主打秀，还给我开了个高价，但要求我拍几张好看的个人写真照发给他。

雯俪来了个电话，约我去参加由肯尼亚驻华大使馆举办的非洲动物保护协会的活动。我说：“这个活动很有意义，谢谢你邀请我，不过我得去拍几张写真照。”她爽快地说可以带我去一个她知道的地方。

第二天上午，我和雯俪去了摄影馆。见到摄影师那一刻，我倒觉得应该是我来给他拍几张照才合适。他的长发在后脑勺汇集成一束辫子，白布褂、黑灯笼裤和老板鞋，再加上几寸长的山羊胡，给人一种随时会隔山打牛的感觉。

他告诉我拍写真照最重要的是情绪。他在摄影棚里放了

《二泉映月》，然后用洪亮的嗓音指导我：“对，来个夸张的表情！来个幸福的、大笑的、中了彩票的！再来个性感的！”《二泉映月》播完后，他开始放《燃烧我的卡路里》，对我说：“刚才音乐放错了，不过你做得很到位。现在给我来个悲哀的表情！好！来个认真的、神秘的！再来个猥琐的、油腻的中年男姿势，越让人膈应越好！”

拍摄结束后，他说：“看在雯俪的面子上，这次摄影给你个优惠价三千元，你现结了吧。”我说：“三千？”摄影师不耐烦地说：“对。现金还是支付宝、微信？”雯俪走过来说：“我先给你垫着。”我说：“不用，给我两天时间吧。我马上有两场演出……”雯俪笑着打断我：“好，我给你两天时间。”雯俪拿出手机让摄影师扫码付款。

这一幕让我尴尬不已。到了街上，雯俪告诉我这个摄影师是她的一个前男友，后来她受不了他给其他女孩拍摄时看她们的眼神，就和他分手了。我说呢，难怪他在给我放音乐的时候好像有种虐待倾向。

我说：“我有件事儿一直想告诉你。”

雯俪说：“什么事儿？”

我说：“要是你因为这事儿不想再见我了，我一点儿都不会怪你。”

雯俪说：“我猜猜，这样你就不用还我那三千块钱了？”

我说：“哈哈哈不是，我说正经的。”

雯俪说：“我发现你一脱口秀演员比谁都正经。你想告诉我什么？”

我说：“我离过婚。”

雯俪说：“离过几次？”

我说：“就一次。还有个孩子。”

雯俪说：“有孙子吗？”

我说：“没有，我说正经的呢！”

雯俪笑了起来：“哈哈哈，看你紧张的样子。”

我说：“我是担心我之前没告诉你……”

雯俪说：“我也有些事儿得告诉你。”

我有些好奇：“哦？”

雯俪说：“如果我告诉你后你就不想再见我了，我也充分理解，很多男人都这样。”

我说：“什么事儿？”

雯俪说：“我……我喜欢女孩。”

我愣了一下：“啊？”

雯俪说：“我就知道会是这样。”

雯俪转身走，我把她拦住。

我说：“你误会了！我只是在消化你的信息，太意外了嘛！没事，我们还可以是好朋友。我有女性朋友，但是和她们相处很累，总免不了有非分之想。你喜欢女孩就很好，这样我们可以做很好的朋友。”

雯俪说：“你说真的？”

我说：“说真的。你不是因为和我约会之后才决定要喜欢女孩的吧？”

雯俪嘴角露出一丝微笑：“你在耍我？”

我说：“你不是觉得我太正经了吗？”

雯俪说：“你是太正经了，我在和你开玩笑呢！”

雯俪说完大笑起来。

我开始恨自己。本来我和她见面是想办法分手的，我知道我不能说我可能有肿瘤，这样她会因为内疚感很难分手。在拍摄的时候，我想让她看到我丑陋不堪的一面而不喜欢我，没想到她好像不大在乎。又一想，我可能是自作多情了，她或许就是和我玩一玩儿呢，别太认真。

晚上的方家胡同热闹异常，我到了笑坊俱乐部门口就看到一个巨大的易拉宝，上面有我刚拍的写真照，是表情悲哀的那一张。在我下巴上有几个大字：患癌脱口秀OG（元老）刘东绝版演出！我感觉我被王铜骗了，但我也需要这一场一万元的费用，索性也就上台讲了：

“我上个月买了个冰箱，售货员说：‘这冰箱质量特别好，保证一直用到你死，冰箱也不会坏。’今天上午冰箱坏了，也把我给吓坏了！因为我的确胸疼得厉害，感觉胸里面有人拿刀在扎。我冒着虚汗，面色苍白，走去餐馆儿吃饭。老板让我先付钱，就怕我活不到吃完这顿饭那刻。他倒是挺不好意思地说：‘对不起，我们是小本生意，你就把钱先给了吧！’我上百度搜了一下，我这症状是有癌症的可能。他们说如果癌症是一列由北京开往广州的列车，我现在已经到上海了。”天王还在观众席里问：“是快车还是慢车？”

在笑坊脱口秀俱乐部的后台，王铜激动地说：“太棒了，太棒了！你爆棚了！根本看不出来你病了。”我说：“吃点儿止疼片感觉好些，上台讲嗨了也就不觉得疼了。”王铜的小眼睛眯成了两条倒扣的弧线：“我们加一场怎么样？”我说：“没问题！”陆军劝我悠着点儿，我说：“我巴不得死在台上呢！”陆军若有所思地点点头。

第二天我去医院听大夫讲解我的片子。

我开始是想自己去的，如果是坏消息我可以一个人静一下。陆军和天王非要陪我去，我就同意了，真的是坏消息的话，也省得我再开口告诉他们。大夫说我肺里的结节不大不小，但大概率不是恶性的。陆军和天王欢呼了起来，其他患者也跟着笑了起来。我松了口气问：“那我为什么胸部那么疼呢？”大夫说：“你可能是压力太大导致的神经痛，建议多休息，或者做个针灸什么的。”

我去了一家中医医院做针灸，陆军进来看我的时候，我脑袋和胳膊上满是针。陆军问：“针灸感觉怎么样？”我开玩笑说：“我的手机信号好多了。”陆军笑着假装自己是个中医，捏着我的手腕儿说：“你，喜欢上一个女人了，而且已经约会了几次。”我说：“对啊！你真可以当中医了。”陆军说：“快告诉我，她是个什么样的女人？”我说：“比较文艺的那种。”陆军说：“是不是那种写情书特别有文采的？比如：‘啊，刘东，我的心灵像你的牙一样洁白，我对你的爱比你眼镜的度数还深，我对你的思念多得就像你脸上的褶子！’”

这时，雯俪发来了一条短信：“晚上在大董吃个饭？”不知道为什么，让陆军看到这个短信我觉得有些不舒服，有时候手机信号太好也是真讨厌。

蜡润基金总裁王伦先生六十岁左右，一身名牌，秃顶，有着一张精明世故的脸，总是先让人看到他的笑容，再听到他说话，仿佛在证明光比声音传播速度快。雯俪把我介绍给他，说觉得我们俩有很多相似的地方，想让大家多交流一下。

我们还真交流了不少。

王伦说：“听说你是个脱口秀演员，我很喜欢幽默的人。”我说：“听说你是个投资大佬，我很喜欢钱。”王伦笑了一下说：“喜欢钱是我们这个社会的顽疾，一切都是钱钱钱，让人受不了。”我听着心里有些不爽：“喜欢幽默才是这个社会的病。大家一看见我，就让我讲段子，真受不了。”王伦又说：“我们社会缺的恰恰就是幽默这种精神层面的东西，不是钱。哲人曾经说过：‘世界上最好的东西都是免费的，比如爱情、拥抱、亲吻。’”我忍不住问：“他说了这些免费的东西去哪儿能拿到吗？”

雯俪碰了我一下说：“和你一样，王老师也是个有梦想的人。他打算买140颗人造卫星，覆盖整个地球，然后做宇宙直播。”王伦笑着说：“但这是很不容易的。我第二颗人造卫星最近就总出问题，得雇十几个工程师去修复它。”我说：“能理解，我家卫星锅最近也总出问题，不过师傅一修就好了。我们加个微信，我把那个师傅推给你，让他试试修一下你的卫星？”

雯俪尴尬地说：“刘东开玩笑呢哈哈哈，王老师别介意。”王伦说：“哈哈哈没事，我还会把一颗卫星命名为雯俪，这名字真好。很高兴认识你刘东，但我还有会要开，得马上走了，我们后会有期！有什么需要帮忙的地方尽管说。”我说：“谢谢，我一个臭做脱口秀的要求不高，不需要帮助。”

一个保镖和一个助理过来护送王伦离开后，雯俪一脸不悦：“你有病啊！你知道他是谁吗？”我说：“王卫星？不不不，王人造。”雯俪说：“你真是井底之蛙！他可是福布斯排前几名的金融家。”我说：“对，我应该知道的。相声里面学报菜名儿，脱口秀得背福布斯排行榜。”

我不明白那天晚上我有什么资格一身戾气，可能部分原因是大董的一顿晚饭就五千多，另一部分原因是陆军知道了我和雯俪约会之后，我就觉得和雯俪在一起总有些地方不太对劲儿，而且我总想知道是哪儿不对劲儿。

我说：“我有点奇怪你在哪儿认识这些乱七八糟的人，而且不打招呼就直接让我们见面。”雯俪说：“我是在酒吧里认识他的，怎么了?!嫌人家乱七八糟，我还是在那儿认识的你呢！你是不是因为他用我的名字命名一颗新卫星就嫉妒了？”我说：“没有！如果我发现一个见到异性就爱上的新物种，我也会以他命名！”雯俪说：“你个奥赛罗[1]！你自己在这儿开心吧，我先回去了！”雯俪把我一个人撂在餐厅里离开了。

我一方面很悲哀，另一方面因为能够听懂一个英国文学硕士骂我的话而沾沾自喜。

第二天早上有人按门铃。我从猫眼看过去，竟然是衣着时髦的雯俪端着两杯咖啡来了。我打开门，雯俪带着一脸明媚的笑容说：“早上好！”我说：“这么早看奥赛罗来了？”雯俪说：“能原谅我昨晚的话吗？”我说：“一大早就有咖啡和美女，你今晚再骂我一次呗！”雯俪笑着说：“一言为定。你白天要干什么？”我说：“上午有个松松的家长会，下午有个写作会。”雯俪说：“那我下午过去吧。”

下午的写作会是王铜发起的，他想在23号的专场里面加一些素描喜剧的内容。素描喜剧是根据英语“sketch”翻译过来的。英语里面“sketch”就是小品的意思，但如果脱口秀演员做小品肯定没人看，所以有人炒起了“素描喜剧”这个由英语音译而来的概念，来丰富一下脱口秀演出。那我觉得干吗还叫“喜剧”呢？直接叫英语喜剧“comedy”的音译“卡米迪”进一步炒作一下算了。

陆军、天王和我在笑坊的咖啡区聊内容，23号进来之后从

1　奥赛罗：莎士比亚名剧《奥赛罗》中的主人公，因嫉妒杀死了自己的妻子，后被用来形容嫉妒心强的人。

箱子里拿出一只螃蟹。陆军问："你打算怎么做？"23号不屑地说："什么怎么做？那是我的宠物！我们这个社会缺乏阳刚之气，所以养个螃蟹。"说完，他把螃蟹放到地上。

我看了一眼说："可这是只母螃蟹啊。"陆军问："你怎么看出来的？"我说："母螃蟹屁股大，公螃蟹屁股小，跟人类似。"陆军下意识地看了一眼自己的后面。23号自言自语地说："不管怎么样，螃蟹象征着能够在女人面前横着走！"我和他抬杠说："它好像在我们男人面前也能横着走。"23号不耐烦地说："不管怎么样，我们得向螃蟹学习，在女人面前横点儿！"

23号突然满脸堆笑说："雯俪来啦？"大家应声转头看去，雯俪带着她的法国香水味道姗姗来迟。她和我们打了招呼后说："你们开你们的会，不要在意我。"然后就路过我们径直走向吧台。

这时，23号突然扑向前面抱住雯俪的腿，雯俪差点儿摔倒。我要求23号放开雯俪，雯俪挣脱后发现自己的鞋少了一只。23号抱着雯俪的鞋，鞋跟上是23号的宠物螃蟹。23号把手指头放在螃蟹上大叫："已经死啦！雯俪你杀了小谢！"我安慰23号："别太难过，螃蟹不适合给演员当宠物。因为等螃蟹红的时候，它已经死了。"23号几乎哭出来了："可我的小谢到死也没红啊！"

雯俪见这个场面有些不好处理，就知趣地说："对不起啊，我再给你买一只。我得上班了，再见！"我送她出去的时候对她说："我们明天有演出，你能过来看吗？"雯俪说："好啊。我明天叫上王伦一起看，他如果感兴趣说不定能给你投资呢！”

我讨厌王伦，但喜欢钱。我精心准备了我的段子，但那天晚上观众不多也不热，很多人因为上次癌症绝版演出的事儿开始在网上抵制王铜和我的演出。再加上知道王伦和雯俪来，我更加紧张了。

我在台上讲了两个我最近写的段子：“尽管北京治安比较好，但有时候走在一个黑咕隆咚的胡同里，我还是有点儿害怕的。可如果这个时候我看见前边有一个女孩自己一个人在走路，我马上又觉得很安全了。心想如果她一个人敢在这儿走，那我应该更加没问题。有一天晚上，我在地铁站附近的胡同里走着，看见一个女孩自己走了过来，我就放心地在她后面继续走着。过了一会儿，她的脚步快了起来。我感觉不妙，也开始加快脚步。又过了一会儿，她开始跑起来了，这时我意识到是怎么回事儿了——她一定是有急事儿！”

观众的反应还不错，我深受鼓舞继续往下讲：“有一次我们家邻居被盗，大家马上都买了那种特别复杂的新锁。周围的邻居都安上了，但我买了以后一懒就没安上。有一天我回家，发现所有的邻居家的门都被撬开了，好像就我们家没事。我打开门一看，地上躺着一张纸条，上面写着：‘你信得过我，我也信得过你！’”

观众鼓起掌来。

演出结束后我找不到雯俪，23号说她和王伦已经出去了。

我到外面看见王伦在一辆劳斯莱斯的后座。见到我，他的脸上出现了笑容，但接下来的却是他身旁雯俪的话："对不起，我们还是不要再见面了吧！"我说："为什么？"雯俪说："我看了你的演出，坦率地说，完全毁了你在我心目中的形象，你讲的都是一些很下里巴人的东西。"我辩解说："我也有些阳春白雪的东西。"

雯俪好像根本没听见，继续说："你聊了一大堆生活的意义、哲学、伍迪·艾伦，但我从你的段子里一点儿都没看出来，反差太大了。你应该幽默，而不是让别人把你当笑话。"说完，雯俪的脸消失在王伦的秃顶后面，王伦的秃顶也一点点消失在摇起来的车窗后面，宛如日落西山。

目送劳斯莱斯离开以后，我想大家拼命买车还是有道理的，王艳和雯俪都消失在了别人的豪车里。之后的早上，再没有美女给我送咖啡道歉了。尽管我没有那么如痴如醉地爱上雯俪，而且和她在一起有时候会太过烧脑，但和她聊天还是挺开心的。

她离我而去对我是双重打击，让我离婚后尽快情感反弹的奢望落空，更让我怀疑自己的脱口秀是不是值得。一时间，她让我觉得我的脱口秀和情感生活都是百分之百的纯粹的失败。

过了几天，我从谷底渐渐爬出来，通过一次又一次的演出找回脱口秀的感觉，也意识到自己是真的没有女人缘，以后还是多写段子，少在女人身上花心思吧。

第十章

全球巡演

个人生活很多时候是随缘的，那么我们的事业呢？

很多人做过商演，做过外地演出，23号也做了专场，下一步是什么呢？就我自己来说，不但没有自己的专场，去外地做巡演也很难，因为我在网上没有庞大的粉丝群。我建过一个粉丝群，一共二十九个人，平均每个省不到一个粉丝，怎么巡演？

上海靠综艺节目成了中国脱口秀中心，越来越多的演员在北京做了几年甚至几个月之后就跑去上海了，但我和陆军都希望能够在北京把脱口秀做起来。我们怎么能做得与众不同些呢？陆军说："我们玩儿点不一样的吧！出国镀金怎么样？演员经常跑到戛纳电影节、纽约时装周什么的蹭红毯，我们也应该试试。"

我们俩开始向北京的一家英文俱乐部渗透。这家俱乐部叫作"Comedy Club China"，中文名是中国喜剧俱乐部，我们管它叫中喜。讲了一段时间之后，我们就能体会到中美幽默的不同。比如伦理梗在中国很好使，相声和脱口秀里一说"我是你爸爸”，大家会笑。我在中喜试过对一个白人主持人大卫说：“我是你爸爸！”他想了想说：“我妈没和我说过这事儿啊！”我没搞明白是他太诚实还是他在说我老。

中美脱口秀有个共同点：大家都恨谐音梗。大卫跟我解释，这是因为在美国小孩之间会讲些谐音梗来学习语言，但长大了再说谐音梗大家就讨厌了。他给我举了个例子：“骷髅为什么不敢坐过山车？”我脑海里马上出现了骷髅坐过山车的画面，脑袋、下巴、脊椎骨、胸骨和四肢都绕着安全带前后左右摇晃颠簸。我说：“是太逗了？”他说：“是骷髅没有胆。”

我们把一些中文段子翻译成英文，然后也用英文写了一些段子。在中文俱乐部里积累的舞台经验还是最有用的。我们交了几个美国朋友，他们告诉我们，美国的一些俱乐部在网上就可以报名。就这样，我们锁定了下一个演出的地点：美国。先是洛杉矶，然后是美国中部的两所大学，因为那里的学生答应接纳我们，并举办两场脱口秀演出。最后是纽约。

飞行了十个小时，我和陆军到了洛杉矶。取了行李后，我们开始了漫长的海关检查过程。海关要求一些旅客走一个检查行李的特殊通道，以防其他地区的动植物物种入侵美国。这时我感觉到自己是个“有色人种”，因为被要求走这个特殊通道的都是亚非拉人，一个白人也没有，甚至一些拉丁美洲人带的食物也都被没收了。整个通道仿佛是有色人种入侵美国的一条传送带。

过了物种检查区域后，我们又走到一个穿制服的工作人员那里，回答一些问题。一个警官问我："你是从事什么职业的？"我说："我是脱口秀演员。"他笑着说："是吗？那你说说看，骷髅为什么不敢坐过山车？"我说："因为它没胆。"警官哈哈大笑："你不错！"然后挥手让我通过。我以为我通过得很轻松，没想到陆军只对警官说了一句"我和他一起的"，就通过了。

我们出了海关，乘一辆大巴来到神州租车，租了一辆雪佛兰，按照导航开往我们预订的一个四星级酒店。从机场开出来的路上晴空万里，路边高高的棕榈树顶有几片大叶子。我看着棕榈树很兴奋，感觉到了亚热带。陆军说她讨厌棕榈树，遮阳功能太差，怕把皮肤晒黑了。

我说："其实这样更好，你更容易补钙，然后还能逼着你每天洗脸化妆。"她说："这太不公平了，为什么女生出门得这么麻烦，要化妆，男生却不用？"我说："我倒是希望男人也化妆，这样可以缩小我和小鲜肉外貌上的差距。你知道我每天顶着这张脸出门得需要多大的勇气吗？"

开着开着，路两边的帐篷越来越多，我说："难道露营也火到美国了？都在城里露营了？"过了一会儿，我们看到一些蓬头垢面的人在帐篷里进进出出，意识到这些是无家可归的人，他们就住在街上，男女老少都有，有的还端着锅碗瓢盆，看着很让人心酸。

陆军紧张起来，问我是不是走错了路。过了一会儿，我们上了另外一条街，风大了起来，路上的车突然开始减速甚至停了下来，原来是一个帐篷被大风吹到了路中间。陆军说：“哎呀，这个无家可归的人的家又没了。”话音刚落，帐篷的小门突然开了，一个流浪汉的头伸了出来。大家下了车，在流浪汉的指挥下帮他把帐篷推回路边的草丛里。我猜测大家之所以这么热心，一方面是因为这是个善举，另一方面可能也是为了防止流浪汉住得离自己家太近。

我们终于找到了在携程上订的那家四星级酒店，外观极其简单，就一个两层的建筑，周围是停车场，还有个散发着浓烈漂白粉味道的小游泳池。我找了个在阳台下面的停车位，这样可以减少一些车辆的暴晒。

我们从车里出来，准备取后备箱里的行李，陆军突然紧紧地抓住了我的胳膊。我说：“怎么了？”她不说话，用头示意我看后面。我回头一看一哆嗦，一个流浪汉站在阴影里拿着酒瓶子喝酒。我说：“没事儿。”陆军坚持说：“不能停在这儿，换个车位吧！”

一看见这个流浪汉立马转身就走的话，我有点不好意思，就在那儿演了会儿戏，假装摸了摸衣服兜，像是突然想到了什么必须得马上离开一样。没等我演完呢，陆军一把拉开车门，把我推进了车里。

中国比美国洛杉矶早十五个小时，所以从北京出发到了洛杉矶之后，我们发现当地时间比北京还早，但人却很困，入住后就直接在各自的房间里睡了一会儿。等闹钟把我吵醒后，我叫上睡眼惺忪的陆军，飞奔到脱口秀俱乐部。

路上我看到了一家麦当劳，就像看到北京驻洛杉矶办事处，感觉好像马上又和北京恢复联系了。我们各自点了一份巨无霸套餐，和北京的麦当劳做比较，感觉味道有点不一样，做得也不是很精致。不过，陆军还是很喜欢她点的酸奶昔。

大口吃完汉堡，我带着可乐上了车，边开边使劲儿嘬可乐，让自己清醒一点。可乐还在慢慢地从喉咙流向胃里的时候，我的精神头已经上来了。刚吃完牛肉汉堡就急着喝可乐特别容易打嗝，我认为迈克尔·杰克逊就是喝了可乐之后马上上台演唱，才能唱出那个独特的风格，时不时发出“呃、呃、呃”的声音。一个嗝出来，自己闻着都觉得恶心，赶忙按下窗户散散味儿，说：“对不起。”陆军专心看手机准备晚上演出的内容，没听清，说：“什么？”

过了一会儿，她突然说：“刘东，赶紧找个地方停车！”我说：“我们在高速上啊，我得变六个车道才能下去……”话还没说完，陆军在副驾驶上吐了起来，仿佛一个倒过来的小火山，刚下肚的酸奶昔和汉堡全都吐出来了。我拍了拍她的后背，她无力地说：“别看我，好好开车。”然后又吐了起来，感觉她吐出来的要比吃进去的多得多。我本想先开到俱乐部再说，但看到她的呕吐物在副驾驶底板上荡漾实在是太恶心了，于是开到最近的一个商圈。她去一家服装店买鞋和裤子，我则走进一家超市买了一大堆清洁用品。我们折腾了半个多小时才清理得差不多，但车里还是有她呕吐物的酸馊味道，开车的时候还得尽量打开窗户散气。

“脱口秀来自美国，今天我们来这里踢馆了！”我在微博上和粉丝群里这样写道。

洛杉矶的这个脱口秀俱乐部是在另一个小商圈里面，旁边是超市和当铺。把车开进停车场，发现停车场的一半都已经被无家可归者占领了，两个男人赤裸着上身来回走动。陆军提醒要找个离流浪汉们远点儿的车位。我说：“有我呢，怕什么！”陆军有些虚弱地说：“也还有我呢，我还能吐。”

我们进了俱乐部，门口有个亚裔小伙子在对名单，我把我和陆军的名字报给他。他说：“你想讲五刀的还是十刀的？”我说：“有什么区别？”他说：“五刀是小场地，十刀是大场地。”天啊，美国讲个大场地才给十刀，还不到七十块人民币？我说：“十刀的。”他说：“好的，你怎么支付？现金还是转账？”

我这才明白过来，原来这是演员交钱上台讲五分钟脱口秀，台下的听众也都是脱口秀演员，演出没有结束之前演员不能离开，还得给其他演员当观众。十刀是大一点儿的场地，能坐十五个人，五刀是一间里面有个麦克风的小黑屋。

陆军一脸挫败感。我劝她还是上吧，都已经到这儿了。

那天晚上的脱口秀演员90%讲的都是黄段子，还是技术含量不高的那种。我和陆军演出的时候，在台下看的其他脱口秀演员倒还是比较nice的，特别是一个稍稍上了点年纪的大爷。他听得很认真，笑得很开心。演出后他和我们俩聊天，给了我们一些建议，然后说他有个脱口秀课，我们应该去上上。

之后我和几个留下来的脱口秀演员聊了一下，了解到洛杉矶好的俱乐部上台都很难，得排大队抓号，然后过几周甚至个把月才能上台。对我来讲，我觉得还是没白来，最起码知道了洛杉矶的六七个主要厂牌，去观摩一下也好啊。演出结束出来，流浪汉已经睡到俱乐部门口了。我拉着陆军跨过几个流浪汉回到了车里。

洛杉矶最知名的俱乐部应该是The Comedy Store（喜剧商店）。我们买了两张当晚的演出票，交了二十刀停车费后，来到了这个俱乐部。进了院子，里面熙熙攘攘挤满了人，我们渐渐意识到这些人大部分是脱口秀演员，很多人没有上台机会就得先和俱乐部主理人混个脸熟。

主理人是个高个子白人，一脸不屑的样子。很多脱口秀演员在他面前唯唯诺诺、噤若寒蝉。一些国内自媒体说美国人有一脸没有受过欺负的表情，他们应该到这里看看，这里的脱口秀演员大部分都巴不得自己能被这个主理人欺负一下，这样最起码说明他知道你是谁。美国至少有几万脱口秀演员，很多新人没有上台面对观众的机会，竞争非常激烈。主理人对不出名的脱口秀演员处于绝对强势的地位，很多地方的男主理人甚至还试图潜规则女脱口秀演员。

我鼓足勇气去和他打招呼，他看都不看我，从我身边走过去。过了一会儿，他面带笑容带着一个电视明星和几个美女搭档，高调地走进了俱乐部。在好莱坞的脱口秀俱乐部里，影视明星就是爷。

第二天，我们在洛杉矶附近转了转，市中心可以用四个字来形容：老破矮小。楼很老、很破旧、很矮，而且整个市中心的面积很小。出了市中心就是一望无际的平房，能看到的山也没有什么特色，除了一个信号塔之外什么也没有。刚从北京来的我总觉得这山上缺了些什么，对了，是长城。

美国街区的好坏主要是看对植物的养护程度。草坪、花和树越多，保养得越好，说明这个社区就越富有、越安全。有些街区没有什么花草树木，只有光秃秃的街道和矮矮的平房。有些街道两边是姹紫嫣红的园艺风景，半遮着草坪和地中海风格的建筑。

那天中午，我们在一个不好不坏的街区上找吃的。陆军反对光吃快餐，于是上网搜了一下，发现加州的日本料理很是正宗美味。我们开始在导航上寻找日式料理，找到了一家二十公里以外的日式餐厅Yoshinoya。而当我们饥肠辘辘地开了半个小时车找到这家餐馆时，才发现牌子上有汉字：吉野家。

后来我们索性在网上找到了一家靠海的酒店，第二天就要去中西部了，应该看一眼洛杉矶的海滩。如果我们是游客，光是洛杉矶的海滩就会让我们觉得不虚此行。蓝天、大海的边缘是一望无际的沙滩。很多人在沙滩上散步、跑步、打沙滩排球、看书。

我们租了自行车沿道骑了一会儿，很多人在玩儿滑板或者练习冲浪。快要骑回酒店的时候，太阳开始落入大海。我们俩坐在沙滩上，微风吹起的沙子被脸上的汗粘住，但我们就坐在那里一动不动，被眼前巨大的日落之美所折服。

旁边一个正在摄影的中年人问我们是从哪里来，我说从中国来的。他说他是洛杉矶本地人，这里的日落每天都是不一样的，他四十年里每天都来这里拍几张日落的照片。我和陆军坐在那儿有一句没一句地聊天，这种氛围很舒服。她没有让我给她拍照片，我很感激这一点。

晚上，我们吃了一个烛光宴，不是故意的。我们随意进了一个餐厅，桌子上就已经有蜡烛了，服务员个个都是身材很好的帅哥美女。这里是好莱坞，世界娱乐中心，做着演艺梦的男男女女从世界各地来这里的餐馆端盘子。“我应该和男朋友干的事情都和你干了。”陆军看着桌上的蜡烛感叹道。我说：“那你和你男朋友也没干什么啊。”

酒店房间里的设备很老，而且还是窗式空调，再加上海风的呼啸，我一晚上没有睡好。隔日退房的时候，前台是个黑人女孩，问我们是干什么的，我说我们是脱口秀演员。她出来给了我和陆军一人一个拥抱。我问她：“你为什么拥抱我们？”她说：“因为你们在做自己喜欢的事。”陆军问这个女孩平时做什么，她说她是在校学生，希望将来当医生。陆军走过去抱了她一下，说：“也祝你好运。”

人很奇怪，有时候陌生人不经意的一句话会让你感到莫大的鼓舞。也许就是这种互相的鼓励，才能让一个需要交钱才能练脱口秀的城市里的人坚持下来。

我们来到了美国中部内布拉斯加州的一个大学里，那里的中国学生会负责人知道我们到学校时大吃一惊，说他们因为考试太多把这事儿都给忘了，但既然来了就讲一场吧。他把我们带到学校食堂，指着一张餐桌说站在那上面讲就行。我说了一句："不好意思！"就站到了一张桌子上，桌旁的一个学生拿着吃了一半的汉堡盯着我说了一句："不好意思，我正在吃饭！"我说："我站在这里是为了给你们讲脱口秀的，如果你们没有笑出来的话，我就拿不到钱，好吗？"

我和陆军硬着头皮讲完了，拿了学生会负责人给的钱去了旁边的一家餐馆。看了一下那里的价格，3.75美元一张大比萨饼，我和陆军都吃不完。

第二天凌晨，我们四点多就起来去下一所大学演出，路上有很多大卡车、农机车和水泥搅拌车。陆军一个劲儿地问我："你困吗？困的话别硬开啊！"从她副驾驶的角度看着那些大卡车确实很吓人，这些大卡车有些有二十二个轮子，又高又长，看起来很恐怖。

她还时不时地问："方向对吗？没超速吧？"我感觉昨天的演出失败得让人怀疑人生，陆军情绪也很低落，再加上早起赶路本身就很疲惫。我其实很害怕女人疲惫，因为王艳疲惫之前和疲惫之后完全是两种不同的动物。疲惫之前是天鹅，疲惫之后是家鹅，见到谁都想咬。

我看到一家早餐店后，停下来买了一杯咖啡。我说："你怕死吗？"陆军想了想说："我还真不怕。我一个单身，没什么牵挂，死了就死了。"我说："我也不怕死，我上有老下有小，而且一事无成，觉得死亡倒是个解脱。"陆军说："我就是希望死的时候能痛快点儿，突然就挂了最好。"

我说："你知道吗，酒驾引起的车祸里好好活下来的往往是喝醉了的那个，清醒的司机反而更容易死亡或受伤。你会在乎自己在车祸里死去吗？"她说："其实不在乎。"我说："那就放心让我开车，别太管我了。"她说："你绕来绕去原来是想说这个?!"

我说："对。而且我写过一个关于这件事的段子：我觉得如果我必须在车祸中丧生的话，我希望是和一辆水泥搅拌车撞在一起，这样我死之后马上会有我的一尊雕像。"她说："这个段子还不错，应该在台上试试。"

天渐渐亮了起来，但完全没有必要往外看，因为没啥可看的。中西部的路上除了玉米地就是玉米地，路又平又直。北美平原也真是大，有个脱口秀演员曾说，他老家有个妻子送丈夫外出打工，想目送丈夫消失在地平线上，结果在那儿站了一个星期——因为地太平了，走出很远都还能看得见。

中午，我们按时到了下一个学校。这个学校的学生会主席是个白人女孩，她想了个办法宣传演出。她把演出信息打印到一张小纸条上，把小纸条塞进一种叫"Fortune Cookies"的小饼干里，然后把小饼干发到各个宿舍。我们到的时候，五百多人的剧场里坐满了学生和老师。

现场非常热烈，我和陆军讲得都很嗨。在大家大笑鼓掌的一刹那，我觉得不同国家、不同肤色、不同文化背景的人，其实是能笑到一起去的。能笑到一起的人才能走到一起。这就是脱口秀的魅力：让人和人之间看到共同之处。

演出结束后，一些学生过来和我们拥抱说谢谢。

“如果王艳看见你今天这个样子，她会再次爱上你的。”陆军眼睛里面有一种我从来没见过的光。我把目光移开，说：“就像如果杨更看见你今天这个样子？”

意外的是，我们在美国一个鸟不拉屎的中西部小镇上居然找到了一家中餐馆！

进了餐馆，我发现里边的座位有点像老式火车的内部，两排皮椅对着中间的餐桌。我感觉我们俩是异类，因为周围的本地人衣着都极其朴素，像是刚从工厂里出来一样。他们见到我们都会礼貌地微笑，打个招呼。我们俩过了一段时间才习惯陌生人笑着和我们打招呼，也开始入乡随俗笑着和他们打招呼。

有些本地人没见过亚洲人，走过来近距离盯着我们看，还有一个人夸陆军皮肤好。陆军礼貌性地谢谢他。他很开心地问：“你知道你在什么地方吗？”没等我们想起这个地方的名字，这个人接着说：“你们在一个地图上都没有的地方！”说完，大家都笑了起来。

我点了一碗牛肉面，发现上面有三块肉，每一块和麦当劳巨无霸里的牛肉饼大小差不多。吃完我犯困了，陆军说我一路开车辛苦了，让我趴在她腿上睡会儿。我小憩了十五分钟之后，感觉有了精神，喝了些可乐就又出发了。

到了停车场，陆军说她要开车，我说："你没有驾照不能开。"她说："没事儿，我学过，只不过没拿驾照而已。而且你有没有发现，这边开半个小时都看不到什么车，我也可以练练。"我同意了。上车后，陆军打了个嗝，我赶忙把车窗按下来。牛肉可乐嗝从谁那里出来都是一个味儿，好在晚上还有点儿风，味道散得很快。关上车窗，我发现她头发的味道也和我的一样了，因为用的都是酒店里的那种廉价洗发水。

车里的广播放起了泰勒·斯威夫特[1]的《纽约欢迎你》。我们的最后一站是纽约，这首歌让我对纽约充满了憧憬。我们俩听得很兴奋，不约而同地看了对方一眼，然后一起唱起了里面的几句歌词。陆军唱歌也很不着调。我把我的手机接到车的音响系统里，挑了首两个人都会的歌。我们就按照原唱的基本音调放声高唱，两个人跑调跑得不一样的时候倒有点儿像和声，我的自我感觉也好了起来。

我们边开边唱了一会儿，突然从后视镜看到警车的灯光一闪一闪地紧跟在我们后面。我们慢下来后停靠在路边，警察微笑着对陆军说："女士，你的车在一个限速三十的地方开到了六十五，请把你的驾照拿出来给我看一下。"陆军说："我学过

---

1 泰勒·斯威夫特（Taylor Swift）：美国当红女歌星。

开车，但还没来得及拿驾照。”我非常紧张，因为陆军是无照加超速驾驶啊！我立马道歉说：“对不起！”警察对我说：“是她开车，你对不起什么？”

陆军看到警察怼我，她倒笑了起来。我给警察看我的证件和临时驾照，他说：“你们是从中国来的？做什么？”我和他解释说：“我们俩是来美国讲脱口秀。”他问我们：“这里的观众好吗？”我说：“他们是最棒的观众。”他问：“为什么这么说？”陆军说：“因为演出结束他们都过来拥抱他了。”

警察笑了起来，问：“你为什么无照驾驶？”陆军说：“因为他一直开车，我怕他太累了。”他又问：“为什么超速？”陆军说：“因为我们K歌唱嗨了。”警察说：“哪首歌？我听听。”

我其实很怕人知道我的音乐品位，怕人因为这个评判我。有一次和一个哥们儿聊起摇滚，我说我最喜欢的歌手之一其实是已故的惠特尼·休斯敦[1]。这个哥们儿不屑地说：“她哪是摇滚啊？”然后就再也没有理过我。现在我们俩的命运完全掌握在这个长着蓝眼睛和粉嘟嘟嘴唇的白人警官手里，我的音乐嗜好从来没有显得如此重要过。

我给警官放了张韶涵唱的《夜空中最亮的星》，心想反正是中国歌，他也听不明白。警察跟着节奏点着头听了一会儿觉得不错，然后问：“你知道王菲吗？”我说：“我有她的歌！”我

1 惠特尼·休斯敦（Whitney Houston 1963—2012）：美国著名女歌手、演员。

放起了《闷》，警察听了很开心，靠在车上哼了两句。我和陆军也一起唱起了《闷》，唱完后警察说：“王菲是中国最好的歌手。”陆军说：“你的意思是我们不如她唱得好？”警察笑着说：“你也不错！”

最后，他警告说接下来得我开车，而且要开慢点儿，然后就放我们走了。

接下来的路上还是空旷的田野，在没有光污染的地方，天上的星星格外明亮。我们把车停在一个休息区，坐到一张野餐桌上，看着眼睛里装不下来的满天繁星。过了一会儿，甚至能看到卫星慢慢从夜空中滑过。

我看了一眼陆军，此刻她的脸比月色星光都要好看。

我问她：“从理论上讲，你会爱上一个我这样的人吗？”她看了我一会儿，亲了我一下。她那不含香水的体味和嘴唇的肉感都让我微微颤抖。她说：“刘东啊，你把这话收回去吧。我不想恋爱。”我不知道该说什么好。

她又说：“你想恋爱吗？”对我来讲，和人“表白”不成但心里并没有特别难过的感受，这还是头一次。或许是因为我刚从一段婚姻里面出来，我心里还是很疲惫，感情伤口根本就没愈合。我对陆军确实产生了一些感情，我相信她，也喜欢和她在一起，在最痛苦的时候想起她的脸就能让我感觉舒服一些。她就像一个情感抱枕，在我人生发生剧变的时候给了我说得出的和说不出的安慰。

这本该是大学毕业后久未体验过的友情滋味，但要命的是，最近她的脸在我眼中开始变得越来越好看了。之前觉得她笑起来牙龈露得太多，但现在倒是觉得她的牙龈挺可爱的。有时候，我甚至会梦见她。

今晚梦境一样的星光让我想到了爱，所以就不小心问了这么一句，而陆军回问我的那一句“你想恋爱吗”突然让我看到了一种未来：我们俩真的恋爱了，然后为彼此做更多的牺牲，选择结婚，然后又觉得这些牺牲得不偿失，最后是热战加冷战，惨淡收场。

陆军虽然不了解婚姻，但肯定也恐惧一段失望的情感。我看着她冷静地扑火，对她倒是增加了几分敬意。但这不太好，恋爱的一部分就是把对方视若神明。理智上我清楚不应该和她恋爱，只是这一刻的她实在是太美太诱人了，让我实在好奇这样的她会不会爱上这样的我。好在她把问题岔开了，毕竟现实是：不管她的答案如何，我可能都接受不了。

所以我说：“我也不想啊，有个能亲嘴的朋友一直是我梦寐以求的事儿。”她捶了我胳膊一下，然后说：“谢谢你这段时间照应我。”我说：“我感觉我不照应你的时间更多啊。”她说：“对啊，我忘了你总是见色忘友！”过了一会儿，她说：“我们俩的事儿就别在外面讲了。”我说：“彼此彼此哈。”

这个世界上有真正幸福的人吗？我不知道，但是演脱口秀已经够幸福的了——我们能够一边生活，又一边从远处观察生活。

第十一章

转战上海

回想从美国中西部到纽约的一路上，我们开车、听音乐、聊段子、吃饭、睡觉，周而复始，非常开心。我们在一个炎热的中午到了纽约，入住了一家叫“白宫”的青年旅馆。

陆军来美国之前联系了她在纽约的朋友小潘。小潘是个和陆军同时开始讲脱口秀的女孩，一年前来纽约发展，目前在和别人合租，如果我们住她那里就得睡在厨房的餐桌下面，所以我们就自己找了这间低成本的酒店。

这家青年旅馆是在纽约下曼哈顿的一个地下室，里面隔成了每间不到六平方米的一个个小房间，每个房间一晚上十五刀。这里有来自世界各地的充满希望的青年和绝望的中老年。从青旅出来，我感觉整个下曼哈顿都蒸发着一股尿味。记得国内有个公寓起名叫曼哈顿，后来因为不让起洋名，索性改成了曼哈屯，感觉挺省成本的，去掉个“页”字旁就行。

酒店离中国城不远，我们去了那里的一家小笼包店吃饭，排了半个小时的队才吃上。我是想随便吃个快餐，多花些时间看看纽约，但陆军说必须得吃顿好的，她已经受够了汉堡、比萨和薯条。吃完饭，我们在充满了A货摊和蔬菜鱼肉摊的中国城稍微转了转，然后坐地铁去华盛顿广场和小潘见面。

纽约地铁如果放到地上就像二十世纪七八十年代小城市里的火车站，肮脏、拥挤、嘈杂。感觉在那里迈克尔·杰克逊还活着—— 一个人用音响放着杰克逊的歌跳着太空步。陆军给他钱的时候，他还向陆军表示了感谢。在站台的小板凳上，一个老师模样的人好像在批改着学生的作业。

华盛顿广场很漂亮，但也比较老旧，跟中国大多数城市里的广场一比，显得出奇的小。有很多人在这里晒太阳、遛狗、遛孩子，也有几个人在笔记本上用笔写着东西。我们偷偷瞄了一眼，我觉得有一个人应该是在写诗，陆军却觉得他应该是在写段子。

我们在广场的一张椅子上坐下来，开始针对某个路人写小故事或者段子。比如："这个人来自中西部，没见过这么多有色人种，看见椅子上有两个中国人，在想：是不是我的手机就是他俩做的？""有个黑人手里拎着几个光盘走来走去，他是个说唱歌手，自己灌了几张CD，然后发现大家已经不听CD了。""那个亚洲面孔，可能是个中国人，怎么能判断她是中国人而不是韩国人或日本人呢？因为她是小潘。"

小潘急匆匆地赶过来，说她晚上还有事儿，让我们先自己看些演出。我们去了格林威治村，那里是很多艺术家生活和工作的地方，从鲍勃·迪伦到Lady Gaga，从伍迪·艾伦到路易斯·C·K都曾在这里出没。我们来到这里的一个脱口秀俱乐部“The Comedy Cellar（喜剧地下室）”，就是路易斯·C·K的电视剧《路易不容易》每集片头出现的那个俱乐部，能在这个俱乐部演出的都是已经成名的脱口秀演员。陆军激动地在门口拍了张照片。

二十美元一张门票不清场，我们买了票从下午六点一直看到凌晨两点。俱乐部座无虚席，气氛极其热烈，舞台的一边有架钢琴，每个演员上场都会有个钢琴师给弹一段。更让我们兴奋的是六十七岁的宋飞[1]也来讲了一段。

宋飞是美国脱口秀从二十世纪九十年代发展以来的头号人物，他很多段子的逻辑梗玩得都非常棒。他有一个段子是：我看到一个调查报告，人最怕的是在公共场合说话，第二怕的是死亡。也就是说在葬礼上，大家宁愿是躺在棺材里的那个人，也不愿意是讲话的那个人。当然，他成名主要是因为他主演的情景喜剧《宋飞正传》，那部剧大火之后把《老友记》也带火了，因为《老友记》是紧跟在《宋飞正传》之后播出的。看着他在那里把一个接一个设计精巧的段子镇定地抖出来，我就知道他还是常讲脱口秀的。

看到他我感觉很受鼓舞！脱口秀这条路能走多远？我能火吗？这是我和其他脱口秀演员常有的担忧。但如果我的目标是把脱口秀讲到六十七岁，那这种担忧就没那么重了。在更晚的

1 宋飞（Jerry Seinfeld）：美国脱口秀演员，电视剧《宋飞正传》主演。

秀场里，我们还看到了路易斯·C·K和小罗伊·伍德[1]，以及一些《周六夜现场》[2]的演员。

第二天小潘和我们介绍说："纽约的演出质量感觉要比洛杉矶的高很多，可能是受好莱坞明星文化的影响小一些。"中午她把我们带到了纽约的Friar's Club（福莱尔俱乐部），美国《吐槽大会》的发源地。从二十世纪五十年代起，美国的明星们就在这个俱乐部被脱口秀演员们轮番吐槽，后来杰夫·鲁斯[3]把它搬上了电视。

我们在那附近吃了午饭。小潘告诉我们，她在纽约的一个脱口秀俱乐部的餐厅里打工养活自己，已经被几个主要的俱乐部通过了，可以上台表演，但目前还在起步阶段。在这里，一个有五到八年经验的脱口秀演员都还会被认为是新演员。小潘说她算幸运的，有些新演员为了上台的机会，得站在街上帮俱乐部吆喝，还得干清理马桶之类的杂活。但她也说她现在不是很确定来美国发展是不是个好的决策，因为相比之下中国的脱口秀演员的机会要多得多，而且会更早地开始有经济收入。

从纽约回到北京，我第一次感觉到北京的亲切。看到街上竞走的上班族就想给他们加油，也给自己加油：加油！让我们

1　小罗伊·伍德（Roy Wood Jr.）：美国喜剧演员。

2《周六夜现场》：美国一档连续播出四十多年的搞笑综艺节目。

3　杰夫·鲁斯（Jeff Ross）：美国知名脱口秀演员，《吐槽大会》创始人及主持人。

都干到老！让北京成为比纽约还牛的脱口秀之都！没过几天，这群上班族里就少了一个陆军。她辞掉了白天的工作，全职做脱口秀了。

这次去美国让我和陆军能够花大段大段的时间去写段子，积累了很多好内容，一到北京就开始各自拼命地赶场子，试段子。渐渐地，我被北京其他的厂牌接受了。在赶场的路上，时不时能碰上陆军，她看上去情绪也很稳定，骑着共享单车奔向下一家厂牌。

我有几次看到，她和杨更的沟通变得比以前正常了不少，但还是感觉有些想撩他的意思在。也许常态化追杨更已经成了她生活的一部分。但说实话，她现实生活里撩杨更可能和她脑海里撩杨更的场面，还是和以前一样冰火两重天。

我自己租了个公寓，每周会见一次松松和王艳，偶尔也会见到迈克尔。我签的那个离婚协议对王艳来讲就是“当幸福来敲门”，她脸上的笑容多了起来。好在在我面前，她还是比较注意的，不会和迈克尔太亲热。但当我看见她穿着露露乐蒙牌的瑜伽裤在厨房和迈克尔忙活的时候，我还是有股醋意，身体会产生一股排斥他们的磁场。

我索性把这些深深的醋意和伤害都放到我的段子素材库里，或许这样比放在内心深处珍藏着对我的心理健康要好很多。我会在舞台上说：“做父母的都希望自己的孩子学习好，但我听到儿子英语口语越来越地道的时候，心里还是有点儿不是滋味。”

我尽量多和松松在一起，因为每次我都很开心，不管是和他一起写作业还是玩游戏。有时候我会想：我这是报复性地对他好，就想让他看看谁是更好的家长。成了他爸之后，我的情感重心的确有所变化，我觉得我可以为他挡子弹，替他去死。成了他妈之后，王艳也是看见松松就会笑，她在我身上不能容忍的事儿，都能完全允许松松去做，比如指出她语言上的一些小错误。

是不是一个人的感情都有爱恨两面？有了孩子之后爱就转移到了孩子身上，留给对方的就只剩下了厌恶和抱怨？

我和王艳都没有告诉松松我们俩离婚了，确实也不知道怎样和他沟通这件事儿，尤其是听说有些孩子会认为是自己导致了父母的离异，那这对孩子就太不公平了。我们都很庆幸松松没有问这事儿，但也担心这孩子是知道了但是不说。孩子太懂事儿，会活得比较累。

我有时能和迈克尔单独聊一会儿。他来自美国密苏里州，家境不富裕。他说从小到大都听人讲美国是全世界最富有的国家，但他根本看不出来，因为他们家和周围的人都很穷。他很感激能有来中国发展的机会，让他开阔了视野，找到了自己喜欢的职业和喜欢的人。

和我一样，他为人和善低调，唯一的区别就是英语说得比我好。他对汉语也有一些我意想不到的观察。“汉语太奇怪了，”他说，“比如说‘冒’字。冒雨是雨落到我身上，冒汗是汗从我身体里出来，两个方向都是一个字。”我说：“是的，我今天就是要冒着汗、冒着雨去冒犯观众。”

我观察到，每次我和他有愉快的交流时，王艳的脸上就有开心的笑容。我回到自己的公寓里就痛恨自己：为什么要和我的情敌这么友好?!但第二次去王艳那儿看到迈克尔，再看看王艳，我还是生气不起来。

我的生活好像达到了某种平衡。

我接受了现实，平时就像一个苦行僧一样跑场子，写段子，到各种播客里面做客。我能讲的内容越来越多，尽管我和其他脱口秀演员一样，有时候会想：既然我能写，能讲越来越多的好内容，也见过各种各样的场子了，那下一步呢？永远每天跑八场挣钱吗?

好在那时我们也没有太多的时间往前想，就像一群非洲鬣狗看到猎物一样，得先把到手的猎物吃完再说。

就这样，一晃半年过去了。

一次做播客，我和杨更都是嘉宾，我们聊到杨更讲失恋的段子越来越扎实了，每次都炸场。我问他：“是不是已经挺过了失恋期，重新扬帆起航了？”现场的DJ是一个懂得音响的脱口秀演员，他贱兮兮地开始放起《扬帆起航》，那首在抖音火起来的老歌。杨更说：“其实并没有走出失恋。”大家一时无语，DJ又贱兮兮地放起了《失恋阵线联盟》，我们大家把DJ一顿吐槽：这是播客史上最没有眼力见儿的音效了！

播客结束后，杨更说想单独和我聊一下，于是我们找了附近的一家小酒吧坐了会儿。我猜想他是不是想侧面了解一下陆军。我都想好了该怎么把陆军性格上的优点和容貌的美，用男人的方式介绍给一个从来不缺女人的帅哥情种。结果他开门见山地问我，能不能帮他和普拉达联系一下，他还想见她。我问他到底喜欢普拉达哪一点。他说普拉达是他见过的唯一一个既有学生妹二次元范儿，又懂幽默内涵的女孩。看着他那双忧伤的大眼睛，我答应了。

晚上在热力猫的演出里，陆军在台上讲了她对男人的渴望和抱怨，以及自己在男人面前的拙劣表现，赢得了阵阵掌声。好段子果然都是有事实基础的。我在咖啡区告诉她："杨更好像喜欢二次元学生妹。"她说："呦！他好这口啊？"然后又信心满满地说："我觉得我也行！"

下次见到陆军，她穿了件小格子短裙，扎了头发，化了比较浓的妆。她盯着我看，我也不知道她是不好意思，还是让我评价一下。我还是一如既往地什么都不说。

她问我："我这样还好吧？"我说："挺好的。"我在说谎，其实我觉得她的新装扮太辣眼了，更适合做脱口秀素材。但反正我帮到她了，我想在杨更看到普拉达之前给陆军一个机会。

在一场我主持的演出里，我还特意把他俩叫到一起演。看得出来陆军在试图撩杨更，但杨更只是夸了一句这身打扮很"勇敢"，说脱口秀演员就应该尝试不同的表演风格，服装也是应该注意的。杨更上台之后我不敢看陆军，怕看到她太难过。但她只说了句："他好痴情啊，男人就应该这样。"

普拉达的手机号已经成了空号，我在微信通讯录里面也找不到她，估计是把我拉黑了。在杨更的一再哀求之下，我给冯昊打了语音电话。我们开始寒暄了一下，他说："公司的业务很好。"我问："普拉达怎么样了？"他说："她离职去了成都，也没了联系。"我和他说了实话："其实我是帮杨更打听的，普拉达和他分手后他很难过，一直没有缓过来。"冯昊一听特别气愤："妈的，这孙子还要不要脸了？弄个婚外情还装得这么认真？"

以前听说过有些明星偷偷结婚甚至有了孩子，还为了事业假装自己是单身。我不知道的是，作为非明星的杨更在我见到他的时候已经结婚有孩子了，但他好像是爱上了舞台上那个单身的人设，在舞台之外也依然保持着单身的生活方式。普拉达和冯昊约会了几次，后来迷上杨更，两个人如胶似漆。冯昊出于嫉妒，让他爸帮他做了背调，把杨更的结婚证和全家福都找出来给普拉达看。普拉达看完就离职回了四川。

杨更的事儿王铜也知道，但奇怪的是，王铜这个人口无遮拦，却从来没提过杨更是个有家有室的人。可能是怕杨更人设崩塌对演出售票不利？不过话说回来，这种烂事儿我都不想知道，更不用说是告诉别人了。

北京的一家制作公司承接了东方卫视的一档脱口秀节目，他们想打造出一个能在收视上击败《脱口秀大赛》的爆款，并且开始紧锣密鼓地联系全国各地的脱口秀演员。大家都很兴奋，觉得北京终于能做出一档脱口秀综艺节目了，演员们也可以多一个曝光的机会。

陆军想以学生妹的扮相参加，尽管她这个扮相没有给她在舞台上加分，观众也不大买账。我直言她这种打扮可能对试镜不利，她没有反驳我，只是说所有的风格都得让大家熟悉一段时间才能被接受。

第二天，我们一起去和制片人聊的时候，她也和制作公司的编导重复了同样的话。可以看出来那个戴着画家帽的编导小笼并不认同她的说法。小笼讲了一下这个节目需要的风格，让我们回去准备，下周正式试镜。

当天晚上回到公寓，我就给陆军发了一条微信语音："杨更有老婆孩子，还在想着追普拉达。"发出这条消息后，我盯着手机看了很久，陆军一直没回复，我就睡过去了。

东方卫视节目试镜分成了好几组，我和陆军在同一组，她穿回了以前那种普通都市白领的衣服。我们坐在一楼的沙发上等着编导小笼。

这时候王铜的大长腿女助理走了进来，对我和陆军说："麻烦你们俩换个位置坐，有位大咖要来。"大长腿看了我们一会儿，然后就把她又白又亮的额头转向对面，大波浪长发像船舵一样摆向和额头相反的方向。陆军和我对视了一眼，起身坐到对面的两个折叠椅上。

大长腿出去把大咖带了进来：23号。

23号披着白大衣、戴着墨镜冲我们点了一下头，坐在沙发上开始抽烟、玩手机，大长腿坐在他的身边也开始玩手机。自从23号打架的视频火了之后，他又陆陆续续拍了很多和观众互动的视频，在抖音上已经拥有近两百万粉丝，号称比乔丹的粉丝还多（23号是乔丹背心上的号码）。

我们静静地坐了一会儿，我忍不住对陆军耳语说："这次他不会尿沙发上吧？"陆军哈哈大笑。23号好像明白我们在笑他，脱掉一只崭新的耐克运动鞋朝陆军扔过来，我立刻伸手去挡，鞋掉在了地上。23号爆了句粗口，还要脱第二只鞋。这时大长腿弯腰去捡第一只鞋，23号的视线被大长腿的臀部吸引，火气消了一些。

小笼走进来很客气地让23号进去试镜，她说："不急，23号老师。您把鞋穿好就可以上去了。"23号和大长腿上楼之后，陆军看着我说："23号，老师？这么大腕儿了？也这么大脾气啊?!"我说："毕竟尿了沙发，脾气不好，可以理解。"我们俩又笑起来。陆军说："人家火了，哪能在这破沙发上尿呢？"这时小笼突然走过来，去上卫生间。不知道她有没有听到我们俩的对话。

这个制作团队很认真，让每一个演员都习惯一下镜头，然后再讲段子，把段子录好后他们再研究一下，通知有苗头的演员做一些调整，然后进到下一轮。而且这个制片公司不在乎演员有多少经验，只要他们觉得有特色的都可以去试录，连大长腿都被叫去试录了。

两个星期过去，我、天王、杨更、王铜、23号等新老演员都被通知了各自段子的修改意见，并约了第二次录制的时间。陆军还是没有等到通知。

陆军约我在我们第一次写段子的那个咖啡馆见面。我发现每次她在那家咖啡馆就显得心不在焉，或许那家店就应该叫“心不在焉咖啡馆”。这次她不仅仅是心不在焉，而且还面容憔悴，没什么血色。习惯看见她脸上带着些许婴儿肥的我，看到她现在这个模样感到有些心酸。见到我后，她说：“我去洗把脸。”说完就去了卫生间。

自从告诉她杨更的事后，我没有和陆军深聊过，只是听她在舞台上讲了些相亲、恋爱和男人都不是什么好东西的段子。我知道她肯定不开心，但不知道该怎么安慰她，也不知道她需不需要我的安慰。陆军从卫生间里出来，脸上干净了，有了些光泽，额前的头发也有点湿，还挂着几滴水。“我决定去上海。我刚签了乐道文化，编剧加演员约，十年约。”一股悲哀涌上来，我不知道为什么气不打一处来：“你怎么才告诉我？也没跟我商量?!”话一出口，我心里马上在骂自己：你算什么东西，人家去哪儿要和你商量？

出乎意料的是，她很认真平和地说：“对不起，我前一段时间心情一直不好，我也是考虑了很长时间才做的决定。北京对我实在是太残酷了。”我叹了口气，最近确实是感觉她在事业和生活上都很艰难。我开始后悔告诉她杨更的真实情况，开始在想是不是让她有希望，哪怕是虚假的希望也会对她更好？

她说："你能去上海吗？我们可以一起在那边工作、写段子、演出。"我说："去上海？"她说："对，我们一起去。你肯定能在乐道做个编剧，至少。"看到我还在犹豫，她说："我理解，你在北京还可能上东方卫视的那个节目。"我说："你不理解，我在北京主要是还能每周看见松松。"

我看着她的背影消失在咖啡馆的门外，突然感到她把我的北京带走了一半。她在北京的时候，我们可能几个星期都不见面，但我总能觉得她就在那儿。这种感觉让我安心。她是我在北京认识的几百号人里的一个，但现在她突然离开了，就像是叠叠高的一根木条被抽走，我内心的平衡轰然倒塌。

陆军又回到了咖啡馆，她把自己的充电宝忘在座位上了。

我鼓足了勇气说："你不去上海，可以吗？我们一起在北京打拼。"她说："上海也不远，我会经常来。"我说："我可能爱上你了。"陆军笑了："你觉得你对我的感情是爱吗？"我说："我承认我们在一起总是在打磨脱口秀，别的说得也不多。也可能是我对你的感情像个冷段子，得琢磨一下才能get到。"

陆军说："我们一起用段子面对生活里的不幸时，那种感觉特别爽，我觉得你是一个特别酷的朋友，是一个笑傲失败的大侠。"笑傲失败的大侠？这是这么多年来我听到的对我最高的夸奖了，就是不知道她接下来会"但是"什么。陆军接着说："但是，你和我表白之后，我倒觉得你是一个藏在段子后面的人，一个胆小鬼。现在想想，你的表白都很保险，如果你被我拒绝了，那时我人也去上海了，反正也见不到，就不会有多大伤害。”说真的，我倒是没这么想过，但也可能潜意识里就是这么想的。

陆军继续说：“我从来就不知道你对我是什么感觉，也不知道在你眼里我是什么样儿的人。”刚刚被陆军说成胆小鬼的我，突然觉得我应该表现得大胆些：“我看见你，就感觉你头上有个神圣的光环，你是那个跳天鹅湖的芭蕾公主，那个只能向往、跑过去但够不到的太阳。”陆军神色黯然：“你这是……在说王艳吧。”她拿起自己的充电宝离开了。

我冲出去想追上她解释一下，但又觉得不会有用。我蹲在马路边想把自己的思绪理清楚，但毫无成效。最后突然想到晚上还有演出，我脑子里响起了那首歌：生活滚滚向前，尽管生活的激情已经在很久之前就消失了！

晚上，我在笑坊舞台上说：“今天是我的生日。过去的一年我经历了很多事情，失业，离婚，我喜欢的女人今天去了上海。可以说，过去的一年是我一生中最好的一年了。”

第十二章

比赛第一

《脱口秀大赛》的海选和我们平时的演出没多大区别，但是演员们都很紧张兴奋，在各种社交媒体上讨论。我不明白为什么有那么多演员在讨论脱口秀上花的时间，要比打磨和表演段子的时间还多。

去参赛的那段时间，是我在北京感觉最生无可恋的一段时间。陆军的离去让我很痛苦，很长时间不想说话。有一次，我没管住嘴，破天荒地和天王聊起了她："挺怀念陆军在的时候。"天王说："你肯定是一直在暗恋陆军，男女之间没有纯友谊的，你一个脱口秀演员能不知道这个？"我说："那你隔三岔五和小丽写段子，也是在暗恋她？"天王说："我那是明恋，我们俩是工作夫妻，她是我的工作伴侣！"我笑了笑。天王紧张了起来："你可别跟她说这话啊！"我说："你说你明恋着她，但她却不知道，这不他妈还是暗恋吗？"天王笑得很甜。

脱口秀演员小丽入行时间不长，但很聪明，文笔好，是北大汉语言文学系的研究生。她曾公开地指责天王抄袭，最终让他改掉了这个毛病，转向自己创作，并且向抄袭过的演员道歉。更重要的是，她告诉天王把自己段子里“垫话”的部分去掉，能让段子更加凝练。天王一向脾气暴躁，而且有股学习好的体育生的傲气，但不知道为什么在这个戴着大眼镜的女研究生面前，他总是言听计从。

和天王说了和陆军的事以后，我心里的苦闷稍稍有了些缓解。有时候我自己还有一些轻微的英雄感：最起码我在陆军最难过的时候示爱了，在最低落的时候有人爱自己肯定是对自信有帮助的。表白被拒之后还能从对方的角度考虑，我被自己这种无私的爱感动了。

过了几天，天王过来找我说：“小丽告诉我，你跟陆军那种表白特别不好，就像求婚没带戒指一样，女孩听了更难受。”我说：“谁让你把我的话告诉小丽了？”天王说：“你也没有不让我说啊。”

天王转告的小丽的话，让我本来就所剩无几的对情感的认知荡然无存：我基于对陆军的爱做出的举动可能不是爱。我所有的这些痛苦和思念，这些想起陆军就会有的甜甜的感觉，其实根本就不算什么爱。

但也许这就是爱呢？谁说爱就应该那么沉重呢？一些没有牵挂的好感和思念怎么就不能是爱呢？也许像蒂娜·特纳[1]那首歌里面唱的那样：“爱不过是二手情感。”难道大家把金钱和

---

1 蒂娜·特纳（Tina Turner）：瑞士籍美国歌手、女演员。

权力放在第一位？她接着唱道："如果心会碎，那么要心干什么？"那倒也是。不过如果不追求爱，只剩下金钱和权力的追求，那样的人生感觉也挺可悲的。

我花了几天的时间梳理自己的感情和人格等问题。有时候听首歌觉得有了答案，一觉醒来又发现答案不对，就接着想。书、音乐、电影、视频等文艺作品，都成了我寻找自己的症结的线索，但还是找不到答案。"但我还是没有找到我在寻找的东西"，听到这首我原来很喜欢的U2[1]的歌时，我变得很气愤，感觉歌词是在嘲讽我的处境。

时间证明，没有爱情、不懂爱情的人是可以活下去的，而且还可以讲脱口秀。我不知道怎么爱一个人，但我知道怎么爱脱口秀，于是我不知不觉又讲起了脱口秀。我只管去讲，不求结果。

东方卫视那个节目，开始得轰轰烈烈，但我们录了好几轮试讲视频之后又等了几个月，一直没有消息。后来听说是东方卫视换了个制作团队，我们这些演员连被通知的资格都没有。很多演员怨声载道，但我一笑了之。我看清了自己，我就是个说脱口秀的命，至于我会到哪里说，说到什么水平，谁愿意操那个心就操去吧，我是没那个时间。没有俱乐部愿意让我讲了，我站在街头说一段儿也行。

吃饭，睡觉，说脱口秀。

1　U2：爱尔兰知名摇滚乐队。

这就是我的生活，也是我想要的生活。我爱的是脱口秀，恨的是人和人之间的瓜葛、演员之间互相的说三道四。我讲完段子就离开，有了“脱口秀忍者”的美誉。我要么回公寓，要么去帮松松弄他的作业。

松松开始学习了，觉得数学难。他说数学把他搞得不想在大街上看见树，因为一看见树就会想到一些数学题，比如：一百米内每十米有一棵树，如果要变成每五米一棵树，需要再种几棵树？他更小的时候对树充满了好奇，用肉嘟嘟的小手指抚摸着春天长出的嫩叶，问我这些叶子是怎么来的。我们的教育能把一切都变成一道道题，然后让孩子们对它失去兴趣。

一周之后《脱口秀大赛》海选北京区开始了。

我的目的是去那里集中见一些朋友。我就是这种黏糊糊的性格：时间一长，对什么人都有些感情，包括那些我讨厌的人。我不知道大部分脱口秀演员白天是干什么的，甚至不大清楚他们的名字，但会记得他们的好段子。他们的好段子比他们的名字还有辨识度，会让我一段时间没见面也能想起他们。《脱口秀大赛》的海选可以让我看到好多这些脱口秀的新老朋友们。我早已对比赛本身乃至“成功”都毫无兴趣。我是表面谦和，假装和他们一起担心比赛时的表现，其实心里是个笑傲失败的大侠。

第一轮海选有六十四名选手，我讲了五分钟段子，下台之后就去了笑坊进行另一场演出。后来听说我那场演得特别好，乐道文化的编剧们很喜欢，但领导觉得我不够年轻，说“大数据”显示脱口秀的受众是十五到三十五岁的年轻人。陆军正好也在编剧组里面，她很不高兴，顶了领导一句：“什么大数据不大数据，不就是年龄歧视嘛！”

乐道的编导在电话里说，尽管我已经不是他们想要的年龄段和那种跩跩的表演风格，但坊间传闻我是脱口秀界劳模，可以破格来上海参加《脱口秀大赛》的录制，条件是必须和乐道签十年合同，而且不能在除了乐道以外的其他俱乐部演出。我说：“你别费劲儿跟我解释了，我不去上海。”她难以置信地说：“你，你再说一遍？”我说：“我比赛就是玩玩儿，你别跟我牛哄哄的，我不签合同，也不去上海，专门在除了乐道以外的其他俱乐部演出。”说完就把电话挂了。

我刚挂电话，手机又响了，是陆军。我听到她的声音都快哭出来了！眼前闪过她的脸、洛杉矶的晚霞和美国中西部的漫天繁星。我没太注意她说了什么，只记得我说了一堆“好的，好的，好的”。第二天我收到合同，发现我在比赛结束后不用去上海工作，可以在北京做编剧，并且开一个乐道文化分部，以备线下演出之需。我大笔一挥，签走了我未来的十年。

到了上海，我只有一个感觉：北京真土。上海一个接一个精致的小酒吧、小咖啡馆、小服装店、酒店、餐厅、洋楼、剧场等，把“土气”两个字挤得一干二净。

我和陆军见面，就好像两条小溪流到一起，没有激烈的碰撞，甚至都没怎么互相看对方。我们从两个方向变成一个方向，沿着一条街走下去。这时候，一股风迎面吹过来，吹乱了她的长发，遮住了她的眼睛。她甩了甩头，试图让风把头发吹分开，未果，然后用手把头发分开。不知道为什么这股风会让我怦然心动。我们对视了一下，继续走走停停，一会儿喝个咖啡，一会儿吃个贴饼，一会儿聊个段子，一路贪婪地吸入上海的妩媚。

上海是全世界咖啡馆最多的城市，除了常见的美式、意式浓缩、卡布奇诺和拿铁，这里还有很多“特调”咖啡：酱油拿铁、姜味拿铁、胡椒拿铁，等等。感觉是厨师改行做了咖啡调剂师。相比之下，北京的咖啡“纯品”比较多，手冲纯品哥伦比亚、纯品摩卡什么的。

在一家叫作“村口大树”的咖啡馆，有一款特别文艺的咖啡叫作“永不结束的夏天和随时幻灭的爱情”，就是在咖啡和酒的混合液体上放一些奶油，再在奶油上吹起一个随时可能破碎的大气泡。这个名字对我有极大的吸引力：东北老家每年有半年是冬天，夏天是翠绿、是水果、是骄阳、是冰激凌、是彩虹、是所有美好的派对。永不结束的夏天，那就是我的梦；至于随时幻灭的爱情，这个世界上还有其他种类的爱情吗？

比赛之前，选手们把文稿交给乐道的编剧组，大家提出修改意见，然后在乐道的一个线下小俱乐部试讲。俱乐部的观众都是乐道的粉丝，他们对之前上过他们节目的选手非常熟悉，一上场就是尖叫和掌声。我上场觉得很吃力，尤其是编剧改过的地方，因为不是我自己的语言，讲得不顺，观众反应也不是很好。23号讲得也很吃力，他是作为网红型选手来参赛的，段子内容比较薄弱。陆军的段子就很炸。我们讲完之后和编剧又碰了一下，把我的内容又顺了一遍，就又去了另一家俱乐部再试讲。

第二天是带妆彩排，我要讲的全部内容都在观众身后的一个巨大的提词器屏幕上，我穿上了他们定制的一款非常潮的衣服上场，对着观众席里面的几个编剧和导播把自己的内容讲了一遍。回到酒店以后，我怎么也睡不着，脑子翻来覆去想那些段子，那些观众反应一直比较模糊的该怎么讲。我觉得再琢磨下去可能反倒会忘掉一些内容。我打开灯，拿起手机，整个人瞬间消失在短视频的漩涡里，等我想起来看时间，已经是凌晨四点了。

《脱口秀大赛》不仅仅是个段子比赛，里面还有真人秀部分。选手们说一下自己对比赛的预判、最怕对决的是谁，等等。把三十六名选手的采访都弄完之后，已经是下午四点了。大家吃了盒饭，比赛正式开始。初赛会淘汰四分之一的选手，录制到凌晨四点才轮到我上台。我都不知道自己怎么走上台的，如果播出后看到我是顺拐上的台，我都不会奇怪。

我是个笑傲失败的脱口秀大侠，但那是在知道自己已经失败了以后，现在在不知道能不能失败的情况下，我紧张到了极点。我讲了一会儿，发现自己拿着话筒的手在抖，嗓子已经干得让发出的声音都有点儿劈叉了。我马上提醒自己要放松一些，换了一只手拿话筒，逼迫自己停顿一下，看看前面的几个观众和评委。

大家都静下来等我说话，我说：“别急，我喘口气，喝口水，行不？”这是我在平时表演时发现的一个诀窍，在一个陌生场地表演的时候，和大家互动一下接一接地气，然后可以更从容地讲下去。在工作人员递水给我的时候，观众自发掌声鼓励，他们希望能看到演员精彩的表演。有个演员在评价：“这是在要掌声啊！”主持人刘丁说：“这是脱口秀控场的一个办法，挺好的。”

舞台上的七分钟很快过去，我感觉编剧给我改的几个地方观众反应都不好，后悔不应该听他们的。他们一再告诉我，他们对自己的观众群体很熟悉，现在我意识到他们对我和观众有什么化学反应是没有概念的。即便如此，我讲的效果总体还是可以的。

总有热心的人会在演出后告诉我观众的感想和反馈，但其实在舞台上的演员对这些是最清楚的。我演完之后评委开始点评，我看了一眼舞台一侧精心化妆的评委和对面的年轻观众，突然自惭形秽。我来到别人的地方，穿着别人的衣服，带着别人化的妆，讲着别人写的段子，现在还要听别人讲他们对别人写的段子的感受。

好在评委对我的段子内容也没什么太大兴趣，没挑什么毛病，只评价总体太紧张了。接下来，他们开始八卦我的个人生活。王小小是一个被黑粉骂火的综艺咖，天天被粉丝们黑，还到处露脸上综艺。这种人你一看到，就会用一种很哲学的角度去看待他的人生，就很想问一句："你活着是为了什么啊？"不是说希望他死，就是很好奇他究竟能从别人的骂声中得到何种内心的满足。一个明显的答案是：钱。综艺节目和综艺咖有钱，这也是个很现代的传媒娱乐现象。在古时候，一个人被周围人骂会受不了，做出一些改变。现在一个人在电视或网络上被骂，反倒成了一件有利可图的事。

王小小上来就问："听说你离婚了？"我刚刚在讲段子的时候找到的一丝从容和自信顿时消失。我艰难地说："对。"他说："那你现在是放不下前妻还是已经喜欢其他人了？"观众发出了"唔"的声音。我下意识地看了一眼在演员席里面的陆军，23号站起来指了指陆军。这下观众炸了，陆军已经把脸埋在自己手里。综艺总是靠炒CP和引战来制造话题，我对这两样一直深恶痛绝，觉得这和脱口秀根本没有关系，但没想到初赛就被卷进来了。

我不知道怎样应付，一时恼羞成怒，对着23号吼了一句："你给我坐下，23号！"观众看得更开心了。女评委王静和王小小几乎同时说："刘东，你喜欢陆军吗？"我挤出一个笑容说："我们很早就确立了朋友关系。"王小小说："陆军，是这样的吗？"陆军点点头，目光捉摸不定。

这时23号又站了起来，评委王静说："这怎么有点像电影里的婚礼啊？有反对的现在就要说出来，否则就要永远保持沉默！”王小小说：“一看王静老师就是有过好几个婚礼的人啊。”主持人刘丁说：“好了，这样吧，既然23号这么想说，就请你到舞台上来说说你知道的他俩的事儿！”

在大家的掌声中，23号走到舞台上，站在我旁边。王静说：“23号，据你所知他俩是怎么成为朋友的？”23号说：“北京的脱口秀演员都知道，刘东很早就向陆军表白被拒了，而且是好几次被拒。但他俩关系一直还挺好。”

我感觉特别对不起陆军，转过身对她说：“对不起，我是在最痛苦的时候和天王说过一次，没想到大家都知道了。对不起！”陆军的脸透过浓妆红了起来。我恶狠狠地瞪了23号一眼。这时候王小小问：“你们俩好到什么地步？”王静又追加了一句：“亲过吗？”陆军被问住了，一时间没有任何反应。王小小说：“我们懂！”

观众哄笑了起来。王静说：“那刘东是在离婚前还是离婚后向你表白的啊？”23号说：“离婚前他俩就经常在一起了！”我说：“23号，你留点儿口德好不好？离婚之前我没有表白！我一再保证是朋友关系的！”陆军在演员席里面点头。23号眨了眨眼，说：“你离婚之前喜欢上陆军也没什么，也算公平，反正我前嫂子和一个老外有一腿嘛！”

23号看上去比我高比我壮，但我扑上去的时候他竟然瞬间摔倒在地。我失控地连续挥拳打他，几乎都被他用胳膊挡住。有一拳还是砸到了他的侧胸上，他的胸腔把拳头和皮肉的撞击声放大后，又被我戴着的小蜜蜂收音器放大，响彻整个剧场。

这时，突然有人把我从他身上推下去，一条细腿压在我胸上，疼得我一声惨叫。我挣扎着想起来，却被大长腿死死地按在地上。大长腿是陪着23号来《脱口秀大赛》的，一直在旁边坐着，看见23号被我袭击，就冲上来把我按在地上。她的腿又长又细，像竹竿一样，如果她是个男的，她的外号肯定是“大长杆君（大肠杆菌）”。

在观众的一片惊叹和掌声中，主持人刘丁宣布我进入下一轮比赛。

我直接离开录影棚，回到酒店。我怎么也睡不着觉，这次综艺试水让我感觉特别空虚，很恶心，堪比吃饭的时候吃到了根头发，而且已经咽下去一半。我真希望能做个心脑切除手术，让自己没有感受痛苦和懊悔的能力。我后悔自己最近两年不应该对陆军动心思，但也后悔我心思动得不够，没有干脆把她追到手。说到底我都不清楚自己该后悔什么。

这太悲剧了！我整天忙着挣钱、演出、看孩子，自己的情感生活一片狼藉。之前我用“男人都这个样儿，搞不明白感情”这种话安慰自己。也的确，很长一段时间以来，我像个变色龙一样被周围的环境掩护下来，但这次周围的环境突然变了，我发现自己的应变能力并没有那么强。

几个小时后，我飞回了北京。接下来的几天里，我脑海里不停地回放那天在舞台上的每一个细节，认定节目播出后大家得把我骂死。我给编导打电话问：“能不能不播我的片段？”她说：“不行，很多环节连在一起，没法剪辑。”我说：“那我想退赛。”她说：“按照合同，乐道拥有你所有视频的版权，而且如果擅自退赛会有两百万元的违约金。”

我把和乐道文化签的合同翻来覆去看了一遍，那是在陆军把我搞得神魂颠倒的时候签下的。确实，这个编导说得没错，而且我还注意到合同里的另外一些细节：我不能退赛，社交媒体内容也要他们来管理，甚至我给朋友点个赞都得他们同意。

我转而哀求她，能不能不把后来讲我跟陆军亲吻，以及因此打架的那部分播出来。她说这个得由公司上层看完剪辑之后再决定。我去过他们公司，一进门就有条标语：“挣钱不丢人！”我感觉他们的炒作已成定局。

我也不知道陆军是不是在生我的气。她在争取脱单，脱口秀演员的身份本来就让一些男人望而却步，再加上一个和已婚男人关系暧昧的传言，未来可怎么办啊？即使将来结了婚，吵架的时候老公拿这个说事儿，她也会有口难辩。

过了几天，我鼓足勇气约她视频聊了一下。我向她道了歉，不该把一些事儿说出去，我也有软弱痛苦的时候。

“刘东你好可爱啊。”她说得我不好意思起来了。

“你可爱就可爱在你都不知道可爱就是傻的意思。”她继续说，“我也把我们的事儿告诉过我闺蜜，这种事儿其实大家都做过。”

我说：“我担心对你的脱单有影响。”

她说：“让男人们知道我有人追，有人暗恋不是很好吗？

你不是告诉我要hard to get的吗？没事儿，娱乐大众嘛，再说节目播出之后大家关注点在哪儿还不一定呢！很多CP想炒都炒不起来。”

她还和我解释说：“导演们可能设计了让王小小问关于离婚的事儿的环节，要不然他怎么知道你离婚的事儿呢？”说完她就回去忙她编剧的活儿了。和陆军聊过之后我感觉好了许多，但又感觉23号说王艳的话很难听，我去揍他的确是太冲动了，后面我被大长腿按倒也太丢人，松松看了得多尴尬啊。

我又仔细地看了一遍合同，里面倒是有“甲方（乐道文化）不得损害乙方（刘东）的公共形象，不得恶意炒作”这样一条。我给那个编导发了这一条，要求他们不要把23号和我的那部分播放出来。编导说她会和领导提这件事。

很快，她告诉我他们领导说不会播出来，也要求我不要说出去，否则会影响节目品质。

我终于睡了个好觉。

第十三章

脱口秀灵魂

《脱口秀大赛》初赛播出了，他们炒作了一下刘东暗恋陆军的话题，但没有播出打架的那段视频。过了两周，我发现陆军的判断是对的，我们CP的关注度并不是很高。我每天都在焦虑地看着网上大家对我脱口秀表演的反馈，好在大部分还是很正面的。

节目一播出，北京各个俱乐部的票都好卖了。我上台的时候也有人开始拍照，演出之后会有些女孩子追出来合影。和她们自拍的时候，她们的手都有些颤抖。我倒很佩服这些找我合影的人，我在北京偶尔能见到一些名人，但从来没有勇气去和他们打招呼，更别说合影了。

为下一轮比赛创作的稿子交上去之后，大赛编导说我在创作技巧上比较单一，建议我多用一些技巧。我重新拿出那本脱口秀技巧的书，把里面的二十几个技巧又重温了一遍。这次我坚持每一个字都自己写，然后玩命地穿梭在北京的各个俱乐部之间，反复打磨段子。有时候讲完最后一场，也就是当天的第八场后，已经半夜十二点了，但我还意犹未尽，想喝上一口咖啡继续讲。晚上睡觉时闭上眼睛，眼前还是一片光明，觉得活着真好。

第二轮之后，比赛就开始连着录制了。接下来脱口秀的主题是情感。陆军明显是在拿我向她表白这件事儿抖包袱：“你干吗总觉得我对你有感觉啊？你难道没见过女孩对男孩有感觉的时候是什么样子吗？我在你面前有过这个样子吗？”陆军做了一个羞答答捋头发的动作。大家都不厚道地看着我笑了。

我讲了关于婚姻和婚内出轨的话题：“我看过一个调查报告。大家知道女性出轨率最高的职业是哪个吗？是家庭主妇。男性又是哪个行业的出轨率最高呢？是IT男。”观众发出吃惊的声音。我说：“对，我和你们的反应是一样的，IT男怎么会出轨呢？我后来想明白了——肯定是IT男在帮家庭主妇修电脑的时候……”

我和陆军都顺利晋级，23号被顺利淘汰，五天之后进行下一轮比赛的录制。我和陆军不仅晋级，而且还被分到一个两人小分队，要去和另一个两人小分队PK。

我和陆军像疯了一样，早上喝咖啡、吃煎饼果子，然后写段子、聊段子；中午吃个汉堡，在酒店眯一会儿，醒来继续喝咖啡、打磨段子。有时候我们就在大街上说上一会儿，到了晚上就去脱口秀俱乐部里试段子。第二天周而复始，第三天我们继续做同样的事情。我们已经失去了对失败的恐惧，像两个段子机器一样疯狂地运转。但到第四天，我们感觉到段子机器在原地打转，出来的内容索然无味。

她说："我们出去走走吧。"

我们走进一家服装店，陆军说："我得给表妹买件衣服当生日礼物，我发现你的身材和我表妹特别像，微胖，平胸，脖子粗。要不你穿上试试？"我说："不行，女人穿男人的衣服很酷，但男人穿女人的衣服就有点儿变态了。"陆军把嘴一嘟："你就帮她试一下吧，求你了。她在等着呢！"我说："要是被人看见……这样吧，我就在试衣间里简单穿一下给你看看吧。"

陆军拿了三件裙子，我拿了几件男士衣服。我进了试衣间，陆军把裙子也塞了进来。我趁没人注意的时候试穿了三件裙子，陆军拍了照片。我换回原来的衣服出了试衣间，发现陆军已经在商店外面了。我问她："你买了哪件？"她说："没买，我其实就是想看你穿裙子。"说完就开始跑，我赶紧在后面追。我们笑着跑了一会儿，都放松下来了，又进了一家咖啡馆写段子。

第二轮比赛前一天晚上，松松突然要和我视频，他说："妈妈心脏疼得厉害，起不来了。"我问他："迈克尔叔叔呢？"他说："迈克尔叔叔好长时间没来了。"我说："你让你妈和我说话。"松松把手机递给王艳，王艳笑了一下说："我没事儿。"我说："没事儿你怎么在淌眼泪啊？"她说："是吗？太疼了……我没事儿，你能过来照顾一下松松吗？"

我搭乘了当晚的高铁回北京，第二天清晨就到了北京南站，打的到了王艳家。王艳有气无力地让我先把松松送到学校去。我给松松准备了早饭，然后送他上学。

在上学路上，松松问我："爸爸，你能让迈克尔叔叔和妈妈和好吗？他俩吵架了。"我说："迈克尔叔叔哪儿好啊？"松松说："他英语好，陪我玩儿，而且从来不过问我的学习。"我说："其实爸妈也想和你交朋友，和你开心玩儿，但我们更想让你将来有比我们还要好的生活。你记住，没有任何人会像你的爸妈一样希望你能过得幸福，但不取得一些成功的人生是很难幸福的。你现在的学习其实是为了将来的成功和幸福。"

在北京看病真得团队作战，排队办就诊卡、排队缴费、排队挂号、排队买药，等等。我叫上天王和小丽一起跑，终于让王艳看上了内科医生。医生做了一通诊断，建议我们去变态反应科看看。天王和小丽听了"变态"两个字后对视一笑，我理解他们是脱口秀演员，对这两个字比较敏感，但在这个节骨眼上还是让我不舒服。

我说："你俩要笑回俱乐部笑去吧！"王艳说："刘东，人家好心好意来帮忙的，别计较。"小丽透过大大的镜片不好意思地看了我一眼，说："对不起啊，刘东老师。"听到她管我叫"刘东老师"，王艳看了我一眼。可能是因为从前一直没人对我表现过什么尊重吧。

排队的时候，我告诉《脱口秀大赛》编导："我不能去比赛了，家里有急事。"她气急败坏地说："你这样退赛会影响比赛。"我说："你们可以找一个演员用我的段子来和陆军一起演。”她又说：“按照合同规定，你擅自退赛可能会有很大一笔违约金。”我说了一句：“去你妈的违约金！你敢动我一分钱试试?!”说完就把电话挂了。

我接着给陆军打电话道歉。陆军听上去有些错乱，我突然弃赛对她打击很大，我这是第三次把她撂在一边不管了。想想这两年，她对我的帮助是最大的，而我却一次次这样伤害她。所以她拒绝我的表白是应该的，之后把我的段子给了23号，让他“复活”继续参赛也是应该的。

我们到了变态反应科，医生怀疑说王艳得的是带状疱疹，主要是因为压力太大，早点儿来就好了。他开了一大堆止疼药、维生素B之类的药物，告诉王艳回家要好好休息，少干点体力活。我打了辆车送王艳回家，路上她感谢了我。我有些不习惯，但还是镇定地说了句：“应该的。”

回到家里，把王艳草草安顿下后，我就去接松松了。到学校的时候，松松已经等了一个多小时，好在他的好朋友马力一直陪着他。马力家的司机也在那儿。我说：“对不起，爸爸晚了。”他说：“没关系，你回来真好。”我把他紧紧地抱了起来，抱了好长时间。

回到家里，晚饭我们点了外卖。松松开始写作业，我走到王艳的房间。她和我讲了最近两个月发生的一切：迈克尔在中国的工作不顺利，想回美国发展，王艳不想去美国。两个人因为这事儿争执一段时间后，迈克尔提出分手。

我几句国骂问候了迈克尔全家，这孙子怎么能抛弃这娘俩，回美国看他的穷亲戚去了呢？我觉得他亲戚很有可能就是我在洛杉矶的帐篷里看见的那个人。王艳笑了笑说：“我也很自责，是不是我对他要求太多了？”我说：“他可能已经找好了下家，你不要太自责了，给松松再找个英语外教就是了。”

迈克尔离开不久，王艳被公司裁员了，她是公司管理层斗争的牺牲品。她开始边带孩子边找工作，但都没有什么结果。她说：“你丢工作的时候，是我对你不够好，对不起。”听到这话，我赶忙把头转向墙上的电视，我不想让她看到我的眼泪竟毫无遮挡地冒了出来，之后又走进了洗手间。

我们结婚八年，她从来没有说过“对不起”这三个字，也许是因为这三个字总被我说了。她肯给我的最大的让步就是：“那是我错了，但我那么做是有原因的……”听她亲口对我说“对不起”，我流出的绝对不是喜悦的泪水（如果是，那该多好啊），也不是感激或原谅的泪水。我只是感慨生活的残酷，终于把一个骄傲美丽的公主折磨得通人性了，忍着剧痛向她曾经心目中的窝囊废道歉。

走回我公寓的时候，我突然意识到王艳的“谢谢你”和“对不起”是给我们俩的历史画了逗号和句号。我他妈怎么没听出来呢！我使劲儿砸了一个垃圾桶：我怎么会这么笨，反应怎么会这么慢呢？半辈子自作多情，自我感动，根本不了解别人是怎么想的。半辈子都是那个蹲在路边、薅着头发感叹人生的loser。

过了两周，王艳的带状疱疹基本好了，她紧接着就拉了个投资，准备自己创业。她还雇了一个阿姨来做我这两周里做的杂事，然后告诉我以后不用再来帮忙了。

生活残酷的地方还在于，它不总是让时间一点点地蚕食你的自信和尊严，它还会让人措手不及，先是抚摸你的头发，然后突然抽你一巴掌，又揉揉你的脸，再用膝盖顶你一下。我被王艳赶出来之后，收到了乐道的律师函，说我欠他们两百万的违约费。好在我对他们公司的下三烂手法有所耳闻，把我和他们编导的对话录了下来，直接放到网上，证明他们无视我家庭的艰难处境。乐道看见后，又要告我这种做法有损他们公司的形象。

23号和陆军从小组比赛杀入了半决赛，之后陆军进了决赛，取得了第三名的好成绩，也是决赛里唯一的女性。她名声大噪，接受了很多采访，也上了很多综艺节目，以她犀利的语言和独特的幽默感，成了万千女性的偶像。我很为她高兴，也觉得乐道能把陆军这样的好演员介绍给观众也算是积德了。我和乐道心平气和地聊了一下，表示我一个拖家带口的人很难像其他演员那样全力以赴地演出、比赛、发展商务。他们同意我解约，条件是我给他们免费做二十场大型商演来支付我要赔给他们的两百万违约金。

王铜把上一笔投资挥霍在自己身上和房子上，接着他急于挣快钱，伪造了证件，组织演出后被公安机关发现，抓了起来。王铜把他遇见的每个人、每个项目都想办法弄到脱口秀行当里，成为自己的商机，可以说正是他的唯利是图和错误引导，造就了北京线下脱口秀的半壁江山。最后王铜放弃了笑坊，把它让给了天王和我来运营。还多亏了笑坊俱乐部的运营收入，我才能够维持我在二十场商演期间的各种家庭开销，甚至还买了车方便接送松松。

《脱口秀大赛》结束后，线下脱口秀热度下滑，俱乐部的收入也开始下滑，我们都只能勉强养家糊口。线下演出之外，我们还接各种商演影视的活儿。有一次，我接了一个网剧配角，演一个为了女儿勇斗歹徒的父亲。其中一场是打戏，我在客厅里穿着拖鞋和一个追债的人互殴，不小心踢到了沙发腿，大脚趾指甲破裂流血。场务用创可贴给我大概包了一下，我们就继续拍，和我演对手戏的演员又一脚踩在我的大脚趾上。那场戏演完换景的时候，一个场务拖着道具箱从我的大脚趾上碾了过去，回家的路上又被一辆共享单车碾了一次。我没有时间去想要不要索赔，因为晚上还要去王艳那里辅导松松做他的数学作业。

王艳看到我走路的姿势问我发生了什么，然后要给我重新消毒包扎以免感染。我说不用了，先观察一晚上，明天还不好再去医院。我其实是不想让她看见我的脚，本来就是丑了吧唧的扁平足，再加上一些血色的瘀青就更不堪入目了。王艳说她是跳芭蕾的，对脚上的伤很了解。松松也好奇地说："爸，你就让妈看看嘛！"王艳把我脚上的创可贴揭下来之后，松松"呦"地叫了一声，跑开了。

辅导松松做完作业后，王艳对我说她看了《脱口秀大赛》，觉得我讲得不错。然后她貌似不经意地问了一句："你亲过陆军？"我不好意思地说："在美国的时候我帮了她些忙，她可能出于感激，亲了我一下，就一下。"她说："哦。"我想了想说："其实不是这样的。是她从一开始就帮助我，尤其是在很多人不待见我的时候，我挺感激她。也可能是她也没有什么异性朋友，而我是那种人畜无害的男人。不管怎样吧，她对我很好，心很大，我三番五次把她撂在一边来找你，她都没在意。"我又想了一会儿，说："对，她是个很忠诚可靠的朋友。"她说："你能确定你们是朋友，不是暗恋那种？"我说："你知道男女之间怎么成的朋友吗？表白被拒就成朋友了。"我们都笑了。

临走的时候，我终于问出了那个我好多年都想问的问题："你是从什么时候不爱我的？"她说："我们出去说吧。"

我们在外面走了一会儿，她说："我觉得你结婚之后变了，不像追我的时候那么阳光自信了。"我说："我骨子里就是个自卑的人，追你的时候装的成分比较多。"王艳说："我就不明白，你其实挺聪明的，从学校到公司不说是出类拔萃，但也不比谁差，为什么你会自卑呢？"我说："可能是从小养成的习惯，总觉得我周围的人看到的都是我的缺点。也可能是我没有找到自己的定位，不知道自己是谁，该干什么。说实话，讲脱口秀之后我倒是自信多了。"她说："我想什么时候能看一下你的现场演出。"我说："好啊，我讲脱口秀，你跳芭蕾。"

我们又走了一会儿，看到以前我们一家经常光顾的“动物咖啡”。我耳朵里还响起松松那清脆的声音：“牛肉番茄意面和芒果酸奶昔！”我说：“分开以后，我都不敢经过我们以前一起去过的地方，这些地方让我回忆起我们在一起的时光，但又回不去，实在太痛苦。”她没说什么，只是抿了一下嘴唇。

又走了一会儿，我说：“更痛苦的是，有时候想起我们吵架的事儿，我也不知道是夫妻就应该这样，还是就是你受不了我了。”她说：“我从小好强，我所有的成绩，不管是学习上的，还是业余爱好上的，还是事业上的，我都要付出很多。我经常焦虑抑郁，但又觉得这样很丢人，在别人面前都尽量压着，只是经常在你身上发泄出来。”我说：“我承认我也是敷衍，很多时候做的事就是为了堵你的嘴。”

我们俩又开始往回走，我偷偷看了她几眼，她的头发还是那么柔软，她的脸还是那么美，即使是走在刺眼的街道灯光下。把她送回公寓之后，我又在路边蹲了一会儿，她身上的香味仿佛还罩在我身上，我开始害怕刮风。我的心像掉进了一个蜜糖缸里，甜蜜又窒息。我想到了一部喜剧电影里的对白。

女人说：“你过来闻闻，我香不香？”

男人说：“香。”

女人说：“知道我用的是什么香水吗？”

男人说：“不知道。”

女人说：“那就对了，因为老娘根本不用喷香水。”

我心里笑了一下，从低迷的情绪里走出来，回到北京的街道，然后找到我的车，在车里放了那首比利·欧生[1]的歌《走出我的梦，走进我的车》。

回到公寓，我衣服也没脱，直接躺到了床上。

第二天早上阳光明媚，我下了床，感觉大脚趾的疼劲儿又回来了。

我们俱乐部也搞起了线上的播客音频节目，就在热力猫酒吧里录制。几个演员在舞台上聊，现场观众的反馈和声音也都录进去。我们聊很多脱口秀演员的故事、脱口秀的历史、如何克服瓶颈期和走出低谷等。遗憾的是陆军和23号这些乐道的演员已经请不起了。

杨更找到我说想上笑坊的节目。在节目里，我忍不住问了他："哥们儿，我们认识好多年了，大家都不好意思提的一件事儿就是你的家庭，你的老婆和孩子对你在外面讲脱口秀和找女朋友是怎么看的？"

杨更很激动，看上去也很难过。他说自己做了错事，和老婆孩子认了错，但还是离了婚。他开始很难过，有段时间什么也没做。看到我还在坚持讲脱口秀后，他也开始讲一些真实生活的内容。也的确，脱口秀一直以来是年轻人的娱乐方式，但我的表演播出之后，很多已婚人士也开始说脱口秀了。天王说："我觉得刘东是脱口秀界的阿甘，跑着跑着后面就开始有

1　比利·欧生（Billy Ocean）：英国流行歌手。

人跟着。”

我们惨淡经营了几个月后，我在抖音上看到“刘东暴打23号”的视频，一时间各大媒体的记者都来采访我。我又陷入了痛苦之中。我的理想是靠我的作品打出名声，所以因为这种事情被采访让我感到很恼火，我甚至把一个在路上追着我问的记者给骂走了。这个记者把我骂她的过程录了下来，放到网上。

网上大家对我的评论褒贬不一。有挺我的，说我是宠（前）妻狂魔，是维护女人荣誉的英雄；也有人说我是暴躁大叔，爱动手还不自量力；更有直接骂我是不懂吐槽、丑人多作怪的，甚至还有骂王艳的。我终于开始理解甚至佩服王小小了。我主动给王艳发了这个视频，同时让她做好心理上的准备。她回复说：“谢谢你保护我的名声，希望你能继续保护我和松松的隐私。”

陆军给我来了个电话，我们寒暄了一下后，她说：“刘东，你的机会来了。我知道你性格耿直讨厌炒作，但这次你得反着自己的直觉来，耐心点儿，拿出你对待失败的那股劲儿对待你的名气，不管是好的还是坏的。”

记得有个理发师曾经摸了一下我的头发说：“你头发真硬，你是不是命特别苦？”我很生气地想回怼他两句，但看在剪子在他手里的份上，就原谅了他。总体来看，我命的确“苦”或者说不顺：我总得付出比别人大的代价来获取同样甚至比别人更小的回报。小到像买彩票这样的事儿，我最多就赢过两块钱，还被我用来再买彩票了；大到像我倾注全部生命去做的事儿，最终却变成大众的笑柄，这让我感觉万念俱灰。

好在到了我现在这个年纪，也是经历过几次人生大危机的，虽然一开始会让我的内心好长一段时间都感受不到一丝光明，但只要几天后我看到金灿灿的白桦树在湖水中的倒影、呼吸着秋天清爽纯净的空气时，我又会马上庆幸自己还活着。和陆军打完电话后，我有了同样的感觉。我在空虚和痛苦的激流中溺水，她的话和她的存在给了我浮力，又让我觉得我的命其实挺好的。

我听了陆军的话，对所有的事情说yes：做所有的采访，上所有的综艺，配合所有的编导，甚至重演被打片段。现在回想起来，那是很“血腥”的六个月。

有时候早上起来，就有十几个相机对着我采访，一天之内就在两个节目上曝光，还要急急忙忙地自己准备段子。有一次，我和另一位嘉宾准备你一句我一句说上一段，可上场之后这位久经沙场的嘉宾把我要讲的段子全都讲了，我无奈只能现场即兴讲了一段儿。

还有些表演者，在公众面前很尊敬自己的师傅，但私下和师傅争咖位、比排场。节目录制的时候，他坚持自己的化妆间要比师傅的大，还要比师傅晚到场，害得我们等了八个小时才开始录制。我吐槽了他们师徒之后反被网民攻击。

这时候王小小给我发了微信：“哥们儿挺住。”

刚刚感叹和嘲笑完他们师徒的明争暗斗后，我也有了类似的经历。一些在线下演出见面时，点头哈腰、满脸堆笑地说着仰慕我的脱口秀演员，在采访时却说我不会抖包袱，大家会笑只是因为我的长相，不仅人长得难看，脸上还有颗痣，不尊重乐道文化公司，不搞科研浪费国家资源，等等。以前我看见新演员，就像看见了自己从前的样子，会热情地鼓励他们，认真和他们交流。后来看见他们，我还是给他们鼓劲儿，但心里会嘀咕："他将来还指不定会在背后怎么诋毁我呢！"

我在演艺江湖里听多了、看多了，意识到在这个圈子里大家就爱看热闹图新鲜，你不火再幽默也没人会关注，你火了放个屁大家都觉得你真幽默。你不火的时候被人看不起，火了的时候人家看见你想到的第一个字就是"钱"。

有一次，一个电影制片人邀请我去喝茶聊项目，到了茶馆我发现门口有很多人和相机。茶馆的老板出来迎接，拉着我在一个巨大的横幅前拍了张照片。我转身一看，横幅上写着"开业大吉"几个字。制片人和我敷衍地聊了几句就离开了，结果我花了半天时间，免费给这个我不认识的茶馆老板打了个开业广告。这个制片人从老板那里收了多少钱，我就不知道了。

有了知名度后，我又出了一本励志书《有痣者，事竟成》，并且为这本书又做了一系列的媒体宣传和综艺曝光。在这一系列的媒体和综艺采访里，我都没有提过王艳和松松的名字，但在掌声、骂声和欢笑声中，在后台静静地等待上场的时候，我时常会想起他们，想逃回那个能懒洋洋地看着孩子慢慢长大的家。

北京世界剧院是一个能容纳一千七百人的大剧场，门口海报上的脱口秀演员带着一副踌躇满志、六亲不认的神态，下面有一行字：“有痣者，事竟成。”看到这个海报，我俨然能听到观众的笑声了。

松松说：“爸爸，你在照片上怎么那么严肃啊？”我哈哈笑了起来，尽管松松说了句地道的英语，但我已经没有了迈克尔造成的心理阴影。走进剧场后，剧场经理说：“刘东老师，水果饮料都按要求放在休息间了，您看是先化妆还是先试一下灯光音响？”我说：“先试一下灯光吧，男演员化妆快。”松松在我耳边说：“爸爸，你真是个大明星啊，他们都听你的！”

我走到舞台中央，告诉舞美把最前面的幕布拉上，脱口秀演出的舞台不需要很长的纵深。然后让后台的灯光师傅把观众灯黑下来，把舞台后灯关掉，面光开得越大越好，观众席越暗越好，奔着电影院的感觉去。在剧场里，观众席越暗，观众笑得就越开心，因为其他人看不见自己，更放得开，这和看电影的道理一样。调试音响时，我让松松跑到二层，看看能不能听到我说话。其实是更想有个事儿能让他做。这种剧场音效特别好，即使不用话筒，二层或三层的观众也能听得很清楚。

“啊？爸爸还化妆啊？”松松在化妆间不可思议地说。两位化妆老师哈哈大笑，其中一个问我：“您想怎么化？”我说：“只要不把这颗痣盖住就行。”

乐道为了从我的线下演出里赚到很多钱，对我的系列专场做了大量宣传，包括给我冠以“脱口秀灵魂人物”的头衔。说实话，这种头衔给人一种捧杀的嫌疑，我抗议过，但也知道我的抗议没有任何用处，他们志在让他们的利益最大化。他们的推票能力的确很强大，二十场演出的门票几天之内全部售罄，我开始担忧这二十场演出之后是不是不会有人再来看我的演出了，因为想看我的观众都已经看过我了。

想到这个灵魂系列的演出可能是我最后的大型脱口秀专场，我开始珍惜舞台上的每一秒，享受它给我的全部。每次站在舞台中间，我都感觉极乐世界里可能已经有了一块属于自己的不动产。也许“脱口秀灵魂人物”这个头衔是有道理的，脱口秀给了我的灵魂一个归宿。

天王上台介绍我：“下面有请今晚的主咖，来自《脱口秀大赛》的灵魂人物刘东！”台下一片欢呼。《我爱摇滚》的音乐响起，我走上台，看着剧场满满的观众，知道他们能听到我的每一次呼吸，知道这是每一个脱口秀演员梦寐以求的时刻，知道我第一个包袱响的时候，所有生活中的难过和卑微都会被快乐所取代。

我说：“大家晚上好！”很多观众开始用手机拍我。我说：“好吧，赶紧拍吧。抓紧时间，那位观众怎么手机还没拿出来？我活不了几年了！”观众笑着，拍着，还有人喊：“看这边！转过来！”我说：“好了，咱们拍个照片就行了啊，别修图了，还是在百度我呢？”

我说：“这是我的首场专场演出。今天除了我的好友陆军和23号，还有天王！”大家笑天王。因为这是我给乐道还钱的演出，乐道允许他们的签约演员来串场。我继续说：“除了这个北京脱口秀OG来助兴之外，北京春笋芭蕾舞学校也送来高雅的祝福！”

当《天鹅湖》的音乐响起时，我开始翩翩起舞，观众起哄。紧接着一群舞蹈演员穿着白裙子簇拥着王艳上场，像《天鹅湖》剧情里赶恶魔一样把我赶走，然后真的跳了几分钟让观众报以热烈掌声的芭蕾舞。我走回到舞台说：“谢谢这些舞者们！”我走到王艳身边说：“这位是春笋舞蹈学校的创始人王艳！我的前妻。”

王艳脸上带着笑容，但用质问的眼神看了我一眼。我说：“我有个问题，今天得从你这里要一个答案。”她冲我摇了摇头。我单膝跪地，拿出一枚钻戒说：“王艳，你愿意再嫁给我吗？”台下一些观众鼓掌，一些观众起哄：“别答应！他配不上你！”我把话筒对着她。她擦了一下眼泪说：“我愿意。”我把钻戒给她戴上，她戴着钻戒在舞台上用芭蕾舞转了一圈儿。观众一片欢呼，我们俩拥抱了一会儿。

台下的观众又喊：“亲一个！”我轻吻了她一下，陪她走下舞台，边走边对着观众说：“接下来天王、23号和陆军帮我撑会儿场子，我俩度个蜜月去。”笑坊的脱口秀演员们轮番上阵讲了一段儿之后，天王又把我请上台。观众问：“嫂子还好？”我说：“她好着呢。从我这儿弄了两枚钻戒，还鼓励我要再接再厉！”

第十四章

破圈

在世界剧院的演出结束后，我、陆军和23号在化妆间聊了一会儿。我们有大半年没见了。23号的打扮已经把“潮”推向了极点，他和嘻哈歌手唯一的区别就是他不会嘻哈。陆军则变得“上海”了，即使是在化妆间刺眼的白色灯光下，也看得出她化妆的精致程度。在淡蓝色宽松西装的映衬下，她的脸也比以前更加细嫩有光泽。我们俩一起像梅雨季节的雨水一样流过上海街头时，上海也流进了她的心里。

我说：“你最近挺好的？”陆军说：“唉！不要转移话题好不好？你的专场太牛了！你的时代来了。”23号边做嘻哈手势边点头。大长腿走进来，在23号耳边蹭了一会儿，他俩就一起出去了。

化妆间剩下我和陆军，我们对视了一下，我注意到陆军的眼睛里少了些什么。我见过她花痴的样子、笨手笨脚追男人的样子、蓬头垢面的样子、呕吐后眼里满是泪水的样子、试镜失败后的样子、感觉整个世界都和她作对的样子……直到上次见面，她的眼睛里都是有光的，但这次我没看到那种光。

我说："这次见到你，感觉你变了，少了一些以前那种大大咧咧、什么都不在乎、啥事儿都能做成的劲儿。"她听了我的话，神色慌张了起来，说："天啊，是吗？怎么了？我老了吗？"我不想说她眼睛里的光暗淡下来的事儿，就说："不是。是你眼神告诉我，你好像开始知道不是所有的事情都能有结果了。"她想了想说："嗐，那不还是说我变老了吗?!"我说："不是，你没听明白。我的意思是你看着老，但其实是变得比之前看着更年轻了。"

她嘟起嘴来，做出了要打我的姿势，但做了一半却停了下来，给我一种把段子讲了一半儿却突然意识到这个段子无聊不好笑的感觉。这一点她好像也变了，开始讲究分寸，没那么随性了。

我们俩闲聊了一会儿，她说她通过乐道接了好多商务、广告和代言。我说："上海对你还不错啊！"她说："是啊。还有，我和凯文成情侣了。"我心里酸了一下，说："恭喜你！"她点点头。我说："是理发店的那个凯文，还是？"话一出口我立即觉得不妥。陆军说："不是。是你见过的那个投资人。"我又忍不住说了一句："你不是在替王铜还债吧？"

陆军的脸突然被愤怒和侮辱扭曲了，她声嘶力竭地吼道："他是真心对我好的！你脱口秀讲成功了我替你高兴，你和嫂子和好了我也真心祝福你们，你怎么这样对待我和我的幸福？”我赶忙说：“对不起！”这真不是以前的那个怎么开玩笑都可以的陆军了。

下一个瞬间，我感觉陆军刚才的话让我无地自容：是不是我变了，变成了那种幸福的人？幸福得可以拿别人取乐的人？陆军的愤怒也让我很难过，因为她的敏感和愤怒说明她其实可能没那么幸福。

在我犹豫着要不要和她深聊她和凯文的事儿的时候，23号和大长腿回来了。大长腿透过她没有镜片的圆眼镜看了一眼我和陆军后，宣布：“23号从现在起要做‘嘻哈脱口秀’。”23号做了一个“耶”的手势。我和陆军对视，又不约而同地看了一眼23号的鞋，笑了起来，刚才产生的隔阂也在一瞬间消失了。

23号瞪了我和陆军一眼，我们开始假装刚才的笑是对“脱口秀+嘻哈”这种形式很感兴趣。陆军说：“哇！厉害啊！之前还不知道23号能rap呢！”23号立马把手放在嘴上开始Beatbox：“扑哧扑哧，咚次哒次！扑哧扑哧，咚次哒次！扑扑啪扑！”我们之前在俱乐部看见他表演过这段Beatbox，每次都有吐痰的既视感，在他后面上场的脱口秀演员都要擦一下话筒。之后，他开始了他的rap：

“23号到底有多么吊，
呃！看我一眼你就了解了！
啊！大爷大妈看见我就把嘴唇咬，
说我不务正业要把前程断送了！
左手拿着金色的麦克风，

右手挎着大长腿真拉风！

我二十三岁功成名就，玛莎拉蒂、爱马仕，

呃，都没有！我就是西海岸！”

开始我还有点儿感觉，但一听“西海岸”从说唱歌手的嘴里面出来我就反感。西海岸指的是美国西海岸，是加州的说唱歌手的口头禅，因为美国东西海岸一直在竞争：纽约vs洛杉矶，波士顿vs三番，传统vs创新。在说唱界里，东西海岸有几十年的恩仇，他们会隔着几千公里在歌词里对骂，甚至千里迢迢飞到对方的城市去枪杀对方。美国的中西部另一个说法叫“fly over zone”，意思就是大家在东西海岸之间旅行的时候飞过的地带。很多西海岸歌手都爱给自己的地域打call，在歌词里喊一声“west coast”。但在中国唱“西海岸”则给人不知所云的感觉，中国的海岸线都在东边，如果非要说西海岸的话，难道是新疆？

有些曲艺演员认为说唱其实就是没有快板的快板，但还是有其他区别的，比如快板用押韵的方式讲个故事，说唱用押韵的方式宣泄一种态度。还有一个区别就是嘻哈更受女孩的追捧，从23号Beatbox开始，大长腿已经晃了起来，歌里提到她时她更来劲儿了，以至于在23号喊出西海岸之后，大长腿在伸胳膊、戳手指头的时候把23号的棒球帽戳掉了，成为整场嘻哈脱口秀演出最掷地有声的部分。

就在我们不知道该说什么的时候，松松冲了进来，我开始给松松介绍：“这是陆军。”松松说：“陆阿姨好！”我继续说：

“这是23号叔叔。”松松说：“二叔叔好！”陆军对松松很感兴趣地问道：“松松，你爸爸妈妈复婚，高兴了吧？”松松说：“什么是复婚？”我开始给陆军使眼色让她别问这个，但她没有看到我给她使的眼色，继续说：“就是离婚之后又结婚了啊。”陆军的话让我很不爽，突然就觉得她是个不知高低深浅的外人。

王艳把她芭蕾舞学校的学生送走后也来到我的化妆间，一进门松松就问：“陆阿姨说妈妈你和爸爸离过婚了？”王艳脸色一沉，对屋里的人说：“刘老师演出也累了，辛苦大家都出去一下吧。”23号和大长腿知趣地转身要离开。

我狠狠地瞪了陆军几眼，意思是让她也离开。她根本没看我，开始和王艳解释：“我不是故意的啊，嫂子。”王艳冷冷地说：“我叫王艳，不是嫂子。”陆军继续解释：“我是替你们俩高兴，还有松松……”王艳冷冷地说：“这是我们家的事儿，你没必要替我们高兴。松松还小，我们一直很小心不让他知道一些事情。”

陆军还想说什么，23号和大长腿预感到故事情节有向高潮发展的趋势，转身坐了下来。我赶忙说：“谢谢你们来北京助阵，时间不早了，我们得带松松回去睡觉了。”王艳面带微笑说：“没事儿。你们几个叙叙旧吧，我先带松松回去。”她带着松松，带着人生赢家特有的优雅，离开了化妆间。

我倒是觉得像个loser，留下来面对一脸委屈的陆军。陆军说：“嫂子没事儿吧？”我说：“没事儿。”陆军说：“你一脸不高兴，好像我不该在这儿一样。”我不客气地说：“嗯。你要是不在这儿事情会简单很多。”

陆军哭起来很难听，抽泣的时候声音很尖，有点儿像驴叫。我不知所措地站在那儿，大长腿马上过来抚摸她的后背哄她。陆军哭了一会儿，从抽泣的间隙里断断续续地说：“我，我，这么，呃，远，从上海来，给，给，给你助兴，你还他妈的嫌弃我！”我被各种各样的事情折腾了一天，演出成功，求婚成功，老友重逢，这些都是让人刺激兴奋的事，但同时也把我这样一个平时性格内向的人推到了忍耐的极限。而王艳和陆军碰到一起，更让我的情绪急转直下。

我不知道王艳让我留下来叙旧是不是在试探我对她的忠诚度，看看我在求婚成功之后是选择朋友还是选择她。我不自觉地预测王艳在家里会怎样斥责我。此时陆军还在这里大哭，把我搞得快崩溃了，我朝她吼道：“行了！你们不也是乐道派过来工作的吗？别把自己说得那么高大上！”

陆军从大长腿胳膊的束缚中一跃而起，挥着拳头向我扑过来。我握住她的胳膊，不让她够到我。大长腿冲过来，用力捶我的胳膊，疼得我不得不把陆军放开，陆军顺势一拳砸在我脖子上。我气得浑身发抖，但我克制住没有还手。

陆军也冷静下来，她平和地说：“对不起，刘东。不过你他妈的也真没良心。我看你挺努力的，就在北京帮你找演出机会，在上海给你争取出镜机会，你对我从来都是扭扭捏捏，嫂子一有事儿你就把我搁在一边，屁颠屁颠儿地跑过去，这些我都没在意。”女人怎么都把自己不在意的事情记得一清二楚？

她接着说："你最艰难的时候都是我陪着你，帮着你！你发展好了，嫂子又出现了，你就嫌我多余了？"我说："你听见你说什么了吗？她是我老婆，我应该那么做！"陆军欲言又止，低下头克制了一会儿说："我对你那么好，你对我没有任何表示，在舞台上一句谢谢的话都没有！我不是你老婆，可我也是人啊！"

她又开始流泪，脸上精致的妆已经是一塌糊涂。我感到极其沮丧，眼泪从脸颊滚下。情绪冲动之下的我也意识到可能哪里做得不对，但仍不确定我是不是就像陆军说的那样是个忘恩负义的人，因为她也可能就是在气头上为了杀伤力最大化才说的那些话。

大长腿突然把目光转向23号："对啊，我对你那么好，你从来都没有亲过我！"23号立即站起来，走到大长腿面前凑上去亲她，他的嘻哈大墨镜和大长腿的大镜框碰在一起，仿佛在为即将来到的亲吻碰杯。他俩几乎同时摘下眼镜，往边儿上一扔，开始接吻，而且一边接吻一边大声吧唧嘴。我和陆军又不由自主地被他俩幽默到了。

我不是没有想到过向陆军致谢，但有王艳在场，这种话一出口，影响会是很负面很长远的，而陆军作为一个单身的人不会理解到这个层面。我那天怎么也想不明白，一向心胸开阔、好玩儿、豁达的陆军，怎么一下子成了怨妇的模样。

我不善争吵，过了好几个星期才反应过来：不对啊，毕竟我还向她示好，甚至表白过好几次呢！但她说的有一点是对的，我心里一直把王艳像雕像那样放在一个高高的台子上。过了几天，我又在想：是不是陆军也喜欢我呢？每当我有这个想法时，就想抽自己嘴巴子。人家已经有男朋友了，而且我几次表白都被她婉拒或者推开了。于是我又想到，当时我和23号都在那里秀恩爱，只有陆军的男朋友不在场，我却还说她多余，可能是这点做得太不照顾她的情绪了吧。

我想到这里，立即想打电话向她道歉，但在事业成功的兴奋之中，又觉得这件事其实没什么大不了的。人在顺风顺水或者大功告成的时候，总觉得痛苦是微不足道的，尤其是别人的痛苦。我也犯了这个错误，把陆军的痛苦完全看成是煞风景的举动。

那天晚上回到家里，王艳已经把松松哄睡着了。她穿着丝滑的睡衣，把自己轻盈地献给我。她的脸还是那样高傲，但流露着幸福的神色。她身体的每一寸肌肤仿佛都渴望着我来释放里面的快感，还时不时地用低沉的声音告诉我她想怎样要我。我问她："今晚为什么这么……"她说："因为你当着一千多人的面说你爱我，那我就是要爱你一千倍。"

这就是在公共场合示爱的力量，更是公开选择她的回报。

"我在东北农村长大，我妈是那儿唯一的医生，那时候村民没有去医院看病的习惯，一有病就来我家看。什么病比较火，我就得过什么病！如果换到现在的话，我得的就是：我！因为我火了。"我在《我说的嘛！》节目里这样自我调侃，"凡尔赛”地介绍自己。

我性格一向低调，但栏目组告诉我现在“凡尔赛”自己和吐槽他人一样成了脱口秀的时尚，我也尝试了一下。然后节目切到一个街访，记者问路人：“你知道刘东是谁吗？”很多年轻人说：“知道，那个脱口秀大牛。”或者说：“知道，那个脱口秀的灵魂。”或者说：“我喜欢他那句：幽默是面对人生不完美最好的办法。”年纪大的人则会说：“我们家孩子知道他。”还有些人直接开始抛梗：“不知道，光知道他弟弟刘西。”

《我说的嘛！》是一个很火的访谈综艺节目，我和王艳神情紧张地在后台听到他们在录制观众反应。我不停地安慰她说：“你又漂亮又多才多艺，观众一定会喜欢你的！”我那次在剧场里向王艳求婚的视频被传到网上，很多人知道了王艳，评论她是集美貌与才华于一身。《我说的嘛！》把她也请来做节目，噱头就是：“两次嫁给刘东的人，她会是下一个papi酱吗？”这种比较性的说法的确让人感到有压力。

王艳说：“跟了你真倒霉！正经工作没有了，害得我还要抛头露面。这么火的节目，我说错一句话，家人朋友们得怎么看我啊！”在上一段婚姻里，我曾经暗地里给她起了个外号叫“液氮”：其功能就是极速制冷，一句话甚至是一种语气就能把生活仅有的希望、热情和乐趣瞬间冻成冰柱，轻轻一敲就会粉碎。我挤出笑容说：“放心。实在紧张了就来一段芭蕾，没人能和你比这个。”我一边安慰她，一边拼命按下脑子里面冒出的一个想法：现在这个感觉怎么和离婚前那么相似啊？

说来说去，最近这种恐惧感的罪魁祸首可能是主持人刘丁，但他自己并不知情。刘丁刚刚出版了一本书《成功就是有人追捧的失败》。出版社给我寄了一本，被王艳看到了。她读完刘丁的书后和我抱怨："你看看人家老公。成功了，出名了，写了本书，里面有整整一章都是在感谢他太太的付出。你的书里面净是段子，根本没把我这个当太太的放在心里啊！"

我刚带着松松从外面买了冰棍儿进来，听到这话一时不知道该怎么回答。在一个人舔冰激凌或嘬冰棍儿的时候，就不应该和这个人讨论严肃的话题。如果我停下来和她讨论她到底在不在我心里，冰棍儿化成的水就得流到手上和地板上，但如果一边嘶嘶啦啦地嘬冰棍儿，一边聊沉重的情感话题，也显得不真诚。

我的书里面讲的基本都是脱口秀创作和表演的技巧与心得，也感谢了太太这么多年的爱和支持，但确实没有一个章节是专门写王艳的。我把冰棍儿扔到垃圾桶里，然后解释说我在书里面是有感谢过她的。但她好像没听见我的辩解，说没想到我出了名后会膨胀到连老婆都不放在眼里的地步。

我在她说话的间歇问了她一句："你读过我的书吗？"她说："我大概翻了一下，没有看到关于我的章节。"我从来没有奢望过王艳会喜欢我的每一个段子，或是记住我的书里面的每一个章节、每一个字，但她连一遍都没看过我的书，这让我心里稍微有些不爽。

为了弥补这个过失，每次做采访我都要大讲一通，王艳是如何在我艰难打拼的时候全力以赴支持我的事业和照顾家庭的：“干我这行不确定性太大，需要很大的付出，没有我太太的支持我是不可能走到今天的。”王艳也很配合，对记者们说为了支持我的事业，她做出了种种牺牲。几篇这样的报道之后，网上出现了一些《左手拉孩子，右手带丈夫，她是脱口秀演员背后的女人》《风雨飘摇夜，刘东欲轻生，芭蕾公主是救星》之类的故事。王艳嘴上骂这些软文胡编乱造，心里却还是很喜欢自己的这个公众形象。

有一句话在娱乐圈里面很流行：你要是不火，你就死定了；你要是火了，那是生不如死。你的每一句话都会有人拿出来分析，甚至是过去说的话和发生过的事情。有些网民开始扒出《脱口秀大赛》里面关于我和王艳离婚的段子与片段，质问既然王艳那么支持刘东，为什么还要和刘东离婚，又在刘东的脱口秀专场火爆的时候同意复婚了呢？

在完成和乐道合作的二十场专场的路上，有好多记者开始来采访我这方面的问题，我都尽量避开。但有一天早上，从酒店房间一出来，外面就有十几个记者架着相机准备采访了。这时候我突然感觉到单枪匹马在外面巡演还是有些危险的。

王小小主动推荐了一个名叫琳达的公关帮我回答各种问题，处理各种商务。琳达很干练，告诉我们一套应付记者们关于离婚这件事的话术：王艳和我离婚是为了保护孩子。琳达还找了一个专业的拍摄团队，把我的专场都拍摄了下来，剪辑好了放到网上。很多脱口秀演员不想把自己所有的段子都放到网上，一是怕在线下演出的时候没有新内容，二是担心放到网上之后反响不好影响之后的演出。

我的动机则很明确：在乐道对脱口秀有绝对垄断的时候，做完了这场巡演就不会有人对我这个脱口秀演员有任何兴趣了。大家会开始看下一波新的脱口秀演员。由来只有新人笑，有谁听得旧人哭。我的脱口秀事业也要用脱口秀演出结尾的技巧：高调结束。

没想到这些放到网上的专场有好多人看，而且一些现场观众开始抱怨说有些段子是他们上一场听过的。很多人不知道脱口秀不是即兴的，是经过反复打磨的段子，一次巡演里不可能每一场都是全新的。尽管有这样那样的负面反馈，大家对专场的热情还是越来越高，每场演出都有黄牛炒票。

“我现在有点儿火了。他们告诉我一定要有排场，一出门要有人前呼后拥，有人帮忙扛包、拿手机、拿衣服。我后来都做到了，一出门就有人拿了我的衣服，拿了我的手机，拿了我的钱包。”有时候我在舞台上调侃自己，但里面也有真实的成分。王艳经常批评我在综艺节目出镜的时候衣着土气，没有朋友帮我打call，反应迟钝，举止笨拙……她坚决反对琳达让我保持本色的想法，认为这样我永远不会提升自己。

在《我说的嘛！》节目里，我的演讲主题还是“有痣者，事竟成”，讲的是如何接受自己的一切，包括自己的缺点，并且用幽默来面对人生的种种不完美。王艳看到了之后非常恼火，质问我：“你是听琳达的还是听我的？她是你什么人？”无奈之下，我让琳达走人了。有时候，我觉得女人在事业上遭遇的天花板是另一些女人造成的，比如老板的太太。

《我说的嘛！》栏目的主持人郎威非常开朗阳光，节目受众也偏年轻。在我演讲之后，他又让我给大家讲了几个新写的段子，郎威和观众听了一起笑个不停。

郎威问我：“你之前是搞生物化学研究的？”我说：“我印象里是。”他说：“我现在搞不明白你是不是还是在讲段子！哈哈！”我说：“真的是，我是当年以全国第一名的成绩考上的中国科学院，有机化学一百分。”观众掌声一片，我继续说：“怎么？我这个长相考一百分，有什么奇怪的吗？”观众又开始笑了，郎威开始上下打量我。

记得我刚到中科院的时候，有个从来没见过面的学长跑到我宿舍看我。我说：“你这么看我干什么？”学长说：“我就是想仔细看看有机化学考一百分的人长什么样。”我笑着说：“我长什么样？”学长说：“不出所料！”

郎威对现场观众说：“大家看看，他长得像不像土拨鼠啊？”观众笑声一片。郎威又加了一句：“对了，你是学生化的，大家觉得他像《生化危机》里面的哪个角色啊？”观众几乎同声回答：“僵尸！”然后哈哈大笑。

从郎威身上我学到了一件事，就是作为综艺主持人用不着讲设计巧妙的好段子，只要活泼开朗地说一些好玩儿的事儿就行了。活泼开朗很重要，主持人起到一个领笑员的作用。在说了一句自己觉得好玩儿的话之后观众没反应，他甚至直接说："此处可以有掌声！"观众也真给他掌声。演播室里的观众和外面剧场的观众真的不一样。

在问答环节里，一个男观众问："你不火的时候是怎么找到老婆的？"问题刚抛出，一些观众就鼓掌了。这么多年过去了，大家还是觉得找对象难。我问他："你还没有对象？"他说："我有。"我说："明白了，你是在想你这么帅找到对象可以理解，我怎么可能也找到了呢？"观众大笑。

又一个观众问："我颜值不高，收入不高，怎么找对象？"我说："你心不高就行。"不知不觉，我已经把整场控制下来了。他接着又问："我喜欢上一个女孩，您觉得我是不是不应该追她，应该先挣钱，先成功？"我说："对，这样她结婚的时候你可以多随点份子钱。"大家大笑之后，我也很真诚地对他说："不要太在乎自己的条件，也不要太在乎一些套路，没有人对感情不是认真的，你喜欢上谁就要认真去追，这样才能对得起自己。"

郎威让王艳在我演讲之后，也上台聊一下我是如何不完美的，在日常生活里又是个什么样的人，以及她如何看待我的成功。在这个节目里，从主持人到观众都总在用"火""成功"之类的字眼，让我觉得有些尴尬，同时也让我自我怀疑：难道我真的成功了吗？怎么没有那么多成功的喜悦呢？

王艳一口回绝了郎威让她上台的要求。我理解她是不想出现在大众视野里，被问及那些关于离婚的尴尬问题。我和郎威解释说她害怕镜头，于是栏目组决定采访我的父母。

两天后，我爸妈从老家来到北京，刚出火车站就直接被接到演播室里，接受了一些采访。一个记者问他们：“您二位对儿子的成功怎么看？”我爸微笑着说：“他成功了？如果他成功了那可真是黑鸡下白蛋了！”我妈说：“我就知道他能有出息，从小就长得像朵花似的。”我爸说：“是啊，花也有不好看的。”最后记者问：“感谢您来北京做这个采访，最后您有什么问题吗？”我爸说：“我们来的火车票你们给报销吧？”

采访结束之后，爸妈在我家住了几天。《我说的嘛！》节目播出时，我们一起在家里看了。王艳批评我说：“你在节目里面太不自信了，怎么能让人家这么调侃你呢？他们对你没有一点儿尊重，你要有架子、有尊严、要自豪，人家才能尊重你。你有学历，有名气，还有个好太太，凭什么让这些人欺负你?!”我妈说：“我倒是觉得他在节目里面表现不错，挺接地气的，很真诚。”于是，王艳当着我爸妈的面说：“就是你们教育他的时候没有培养他的自信心，才导致他是现在这个样子的。”我爸妈的脸色很难看，但也没有说什么。

后来我们一起出去吃饭，有人会认出我来，想和我拍照。这时王艳总是拉着松松走开。而当有人盯着我那一身小城镇打扮的父母看的时候，王艳也会一脸不悦。从此以后，我们就不在外面吃饭了。

几天后，我把爸妈送到火车站，临别的时候我妈流着泪说：“孩子，我觉得你不开心。”我不知道说什么好。我其实很久没有问过甚至关心过“我开不开心”这个话题了。

记得我去念大学的时候，我妈也流泪了。我当时不理解她，反正以后还会见面，有什么好哭的？后来我爸妈嘱咐我，找对象要找性格好一些的，要不然婚后家庭关系很难处。我说：“没事儿爸妈，如果她对你们不好，我跟她离婚。”现在，我妈在说我不开心的时候，我知道他们其实也不开心，但我根本不知道该怎么做，甚至不知道该说些什么。我爸也沉默了一会儿，说：“行了。到时候提醒一下《我说的嘛！》栏目组把我的火车票报一下啊！”

第十五章

在低谷等着你

脱口秀圈里，有几个演员们都梦寐以求的东西：自己的专场、综艺节目主持、自己主演的情景剧。网球里面有“大满贯”一说，脱口秀里面没有，但这三个基本上就是脱口秀事业的三大目标。

在忐忑不安地把我的专场放到网上之后，我算是达到了第一个目标：专场。有专场说明了一个演员的成熟，甚至可以对外说我是个专业的脱口秀演员了。接下来的两个目标是需要“破圈”才能实现的，也就是说得让脱口秀圈外的人知道你，才有更大的可能实现。

有很多书和培训课教人如何写作和表演脱口秀，但没有任何关于怎么破圈的书和培训课，因为没有人真正知道。我的那一期《我说的嘛！》播出之后反响特别好，很多微信软文和短视频账号都开始聊刘东的幽默和生活态度，我成了因内卷躺平而困扰焦虑的人心中的一个希望。我的书《有痣者，事竟成》也销量陡增，在励志书销量里排名第二，仅次于刘锐龙的《你

好，三十岁！》

我在杭州许知远的单向空间书店做了我的图书签售会。我很羡慕许知远，他和我一样有着理工科背景，但他可以很自然地把心里那些很文艺的想法表达出来。到了他的书店，我更感觉到许知远的影响力：书店里有几个读者的发型都和他一样。

书店的楼梯台阶上印着一些作家的名言，感觉我的大学时代回来了。以前我不想写书的原因，就是在书店和图书馆里面看到了海量的书，其中有海量的名著。我想：我怎么可能写得出名著呢？但如果写不出名著，写书的意义又是什么呢？后来我明白了，写书的意义除了自我表达，还有稿费。但如果书写得不好呢？没问题，书店里还有标着“滞销书”字样的书柜。

签售会开始时，我讲了半个小时的脱口秀，接下来是观众提问环节，最后是签名拍照环节。大部分观众拿着签名书和我拍个照片就走了，但有些观众会提一些特殊的要求，比如：能不能在我的书上画个画？我们俩马上要结婚，能不能说句祝福的话？我们俩都是单身，你能不能祝我们俩永远不脱单？我的签售会变成了一个脱口秀互动大会，持续了三个多小时，最后还有三个人没有离开。

这三个人中的一个走过来自我介绍说：“我们是流酷的综艺制片人。我们有一个综艺脱口秀节目想让您去试试主持一下。”我说：“好啊，什么时候？”他们说：“后天在北京录个样片。”

两天后我在他们的录影棚里用我的一些线下段子作为开

场，录一期题为《你还好吗？》的脱口秀访谈节目。录制之前，编导们要对我进行一个前采，来更好地为我量身定制这档节目。

其中的一个编导名叫苏琪，二十五岁。我知道她二十五岁是因为她每次自责的时候都会说："天啊，我都二十五啦！我还这个样子！"其他人会说："应该是才二十五岁好吧！"但我觉得她的感慨是真诚的，因为我也是一到二十五岁就开始年龄焦虑：二十五岁之前觉得自己应该更老成、更自信，二十五岁之后就开始害怕变老。

苏琪透过她没有镜片的眼镜认真地看着我。她的眼睛很大，让我想起猫特有的那种好奇的眼神。我感觉有些猫其实对什么都不感兴趣，包括它的主人，但它的眼睛总让人感觉它在好奇地盯着你。

苏琪问道："刘东老师，您能讲个关于您家人的感人的故事吗？"我说："我是个脱口秀演员，让大家笑的，煽情干什么？"她说："领导说这是节目需要，请您配合一下。"我说："好吧，我还没出生的时候就父母双亡。"她记完笔记说："然后是谁把您抚养大的？"看到她认真的样子，我感到自己这么开玩笑很无趣，我说："我父母还都健在。我刚才开玩笑呢。"她说："我也是。"我们俩一起笑了一会儿，她突然停下来不笑了，好像是害怕被别人看见后觉得她不够认真。

节目样片的正式录制终于开始了。音乐响起之后，我走上舞台，周围的观众起立欢呼鼓掌，我对着观众和面前的三台摄像机打招呼："大家好！欢迎来到《你还好吗？》，我是刘东！"看着眼前的摄像机、观众和灯光，我心里有了一种幸福的感觉。

样片的录制很顺利，录完之后我又上路推广我的书。两周后，我收到一条来自苏琪的信息：样片通过，可以录制一季周播节目。就这样，我开始录制一期又一期我自己主持的脱口秀节目。节目的基调就是说真话，真诚地面对自己，面对社会。

节目一开始收视平平，但渐渐观众越来越多，一年后这个节目就成了网上的爆款，好评如潮。连高傲的雯俪都突然给我发了条微信："网上看到了你的表演，太精彩了，你让我看到了人生另外一种可能。"我想这还是那个嫌我的脱口秀太下里巴人和我分手的雯俪吗？对比起来，我还是比较欣赏那个相信自己品位的雯俪。她接着说："王伦很想上你的节目。"我说："我尽量安排。"但实际上一直没有能安排上，因为很多有流量的大牌艺人都争着来我的节目，做我的嘉宾。有个嘉宾来了以后还给我看她的手机，说道："你看，我的屏保就是你的照片。"我说："谢谢。那在我之前，你上一张的屏保是什么？"她说："是小猪佩奇。"

这些是很有意思的嘉宾。也有一些嘉宾比较难伺候，比如有个要求只能拍她左脸的，因为她不喜欢自己的右脸。这个嘉宾每次都坐在我右边，所以整场采访她大部分时间都在和她右边的观众说话，这样摄像机只能拍到她的左脸，我也只好对着她的后脑勺说话。不得不说，有些人最好看的部分真就是她的后脑勺。

我是怎么知道我火了的呢？因为网上开始有我根本不认识的人莫名其妙地骂我，骂的时候还要@我。这让我极其恼火，我想反驳，但这样倒是正中他们下怀，他们就是想让我还嘴，以此帮他们炒作一下自己。可惜，我还做不到忍住不看。

有一次，一个粉丝在陆军的微博下@了我。乐道帮陆军也做了一档网络脱口秀综艺节目，叫作《陆军揭短》，专门聊明星八卦。第一期节目就是讲明星背后的故事，他们的宣传语是：自相矛盾的故事背后都有猫腻。下面有几个例子，其中一个就是："口口声声支持老公，却劈腿老外。"

我心烦意乱，陆军怎么也拿关于我私人生活的谣言炒作自己的节目？我对人性完全失去了信心。我不知道王艳是不是真的爱我，或者陆军是不是真的恨我。也想不明白王艳因为什么而真的爱我，或者陆军因为什么而真的恨我。我以前烦躁的时候第一个想到的就是陆军，所以现在还是习惯性地拿出手机找到她的微信。我刚要和她语音通话，苏琪突然来了个电话，我犹豫了一会儿，还是接了。

"不要去理陆军。"她简短地说。我说："吐槽是脱口秀的一种，我觉得她不坏，也不是真的恨我。"苏琪说："她恨你，我是女人我知道。但你也不要理她，我们的节目很火，不需要通过这个来炒作。无论如何，不要和她沟通，我们的节目全都靠您了，如果您出了问题，我们的节目就没了，所有的员工也都没工作了。您一定要克制。"我说："好的，我会注意。"我刚和苏琪结束电话，陆军就给我发来了语音，想和我聊一下。我没有理会她，径直回到家里。

在家里，王艳问我："你怎么搞的？网上好多人在骂你，我也被牵扯进去了。我现在看到亲戚朋友都心虚，我知道他们一定也看了那些负面评论。"我说："不要听那些话，我已经被搞得够烦了。"她说："你有什么好抱怨的？这条路是你自己选的，不是吗？"我他妈真傻，怎么和她抱怨这个？我要记住以后不和她说这些事情。而且她怎么没有意识到，她在训斥我的时候阿姨也在竖着耳朵听，没准儿她也有个微博账号来曝光我们的隐私呢！

晚饭后我烦闷至极，索性去笑坊脱口秀俱乐部讲一段散散心。我在俱乐部门口看到了天王，他满面笑容地对我说："刘东老师来啦？您想讲一段儿吗？"我说："天王，别管我叫老师，叫我刘东就行。"他说："那哪行啊，您火了啊！您讲一段儿？"我说："好的。"我上去讲了二十分钟新段子，有些反响还不错，让我感到不虚此行。

结束后，我在咖啡区逗留了一会儿，王铜突然出现在我面前。我听说一般人从监狱里出来后都会有一些改变，王铜好像减肥了，也变白了。他说："刘东老师，很棒很棒！要常来啊！"我说："这个俱乐部不是我和天王的吗？"他说："哈哈哈，是是是！"

他突然变得很伤感："刘东老师，之前的一些事情对不住了。我打算从头开始，做一个好脱口秀演员。钱什么时候赚都可以，现在脱口秀热的时候要把段子讲好才行。”他的话打动了我，脱口秀演员最大的优势就是脱口秀本身：在你苦心经营的一切土崩瓦解的时候，还可以上台讲段子抚慰一下自己。

我们怀旧了一会儿，当年就是天王、陆军和我，以及后来的23号在这里撑场子。我忍不住问了一句：“陆军现在怎么样了？”天王说：“她混得好着呢，到处代言商业，挣了好多钱。”王铜说：“她和凯文分手了。”我说：“你怎么知道的？”王铜说：“因为凯文又开始向我追债了，哈哈哈！”

我这才意识到那天和陆军不欢而散的原因，也可能是她和凯文的关系已经开始紧张了。我眼前浮现出她那张脸，那张眼睛里已经没有了光的脸，我开始心疼她了。

过了没多久，很多新演员从其他场地过来，自发性地在我周围围了一圈儿，向我提一些演员们关心的问题：写不出段子怎么办？女演员找不到男朋友怎么办？有些女演员专门拿女性话题讲段子，我不想走那条路，该怎么和这样的女演员竞争呢？等等。

快结束的时候一个脱口秀演员问：“出名是什么感觉？”

我说：“一言难尽啊。我就想到哪儿说到哪儿了哈。出名以后你得逢场作戏，有些明星嘉宾极其无趣，但你还要假装他们很有故事，假装大家都是朋友。很多人羡慕我每天和那么多美女打交道，但其实一些女明星表面上光鲜亮丽，那都是化妆几个小时加上美颜的结果。真正妖艳的还得数一些男明星，那些小鲜肉，天生丽质而且化妆化得比大部分女演员还要好。在大街上有人想和你合影，有人注意到你假装没看见，就会在网上发布关于你的消息和照片。在网上就是另一种情况：总有人想靠骂你来蹭流量，甚至你的好朋友也会拿你来炒作，有些还曾经是无话不谈的朋友，现在看不惯你比他成功。仔细想想真正希望你成功的，只有你的父母。”

年轻的演员们毫无共鸣地看着我，他们的眼睛仿佛在说：“你就知足吧，你还想要什么？”我意识到他们来这里看我是想得到某种信心，或者信息，或者激励。我又感觉到在北京好像每个人每时每刻都在想：我能从中得到什么？我也曾经是这样的，而且理所当然地认为这么想是对的。

我最后和他们说：“当然了，出名的好处更多。第一就是把爱好作为工作，你一辈子都不用工作。第二是你到哪里都可以轻松找到上台的机会，做自己的专场，有自己主持的节目。你站在自己的舞台上的那种天堂般的感觉，就是出名最好的回报。”演员们激动地鼓起了掌。

到家之后，我接到了苏琪的电话，她告诉我陆军的团队来电话说，陆军不会做关于我的节目的。她的团队之前是为了节目宣传效果，在网上做了一波炒作，陆军知道之后就叫停了。和苏琪挂了电话后，我刚要和陆军通话，王艳就出现了，她问：“这么晚了，和谁在聊？”我说：“是苏琪。”王艳开始质问我为什么总和女人在聊，苏琪长什么样，然后要求我把苏琪的照片发给她。“我没有她的照片啊！”我和她解释说，“在北京搞节目制作的很多都是女性，我得工作啊！”

王艳要求以后我商务上的事情都得由她来经手，因为她以前就在公司里面做商务运营。我也没多想就答应了，只想尽快结束这艰难痛苦的一天。入睡之前，我用电影《飘》里面的一句话来安慰自己：明天又是新的一天！

第二天上午，我和苏琪交代了一下，让她和王艳联系，对接商务和节目上的事情。过了一会儿，王艳焦急地问我：“苏琪说他们收到一个律师函，要求你和流酷赔偿王铜五百万，并且要收回笑坊，这是怎么回事儿？”我说：“啊……你再说一遍？”王艳不耐烦地翻了一下白眼，把刚才的话又跟我重复了一遍。

和天王沟通后，我了解到事情的来龙去脉了。昨天天王发了一个朋友圈说刘东来了，王铜看到后决定过来瞧瞧有没有什么商机。王铜把笑坊让给我和天王的时候并没有什么书面协议，所以笑坊的所有权其实还是在王铜手里。王铜回家一琢磨，想了个来钱快的办法：告我非法运营他的笑坊厂牌，并且索赔。

我突然感觉王铜就是坨臭狗屎，只要见到他就会被恶心到。我想给王铜发个微信语音通话，却发现他已经把我拉黑了。王铜果然还是那个熟悉的味道！

王艳为此大发雷霆：“你每天都在跟什么人打交道啊！你是个博士，现在又是个主持人，怎么会没事跑到那个小俱乐部里面去讲脱口秀，多丢人啊！你这么做是一点儿商业价值都没有了！我怎么给你当经纪人啊？”我揉着太阳穴忍住头疼解释说：“脱口秀演员就得去俱乐部试新段子，就像运动员去健身房一样。”没想到这话是火上浇油，她冲我声嘶力竭地吼道：“你是不是觉得自己火了，是明星了，就可以随便教训我，不把我放在眼里了！”她坚持要求我向她保证今后不再去小俱乐部讲脱口秀，只让大家在大剧场里看到我。为了息事宁人，我答应了下来。

有人说婚姻和家庭是个避风港，但我是好久没有感受到了。每次在外面有什么不顺，内心受到什么伤害，到了家里同样的伤害从王艳那里再来一次。王艳又非常聪明，每次我有一些小成就，她还总能敏锐地看到我不足的地方并且提醒我，所以在外面的每一个喜悦到了家里都要打个折扣。痛苦加倍，欢乐打折。一切还是那个熟悉的味道。只是我不再能到我熟悉的俱乐部里去讲段子了。

这些来自家庭的负面情绪我从来也没有和外人提过，都是自己扛了下来。我知道这样很不健康，但和别人分享后一旦让王艳知道了，对两个人都更不健康。

流酷平台那边声明不会参与笑坊的这场纠纷，要我自行解决，等确认没有任何负面新闻后才能继续进行节目录制。换句话说，就是我在解决纠纷之前是没有节目录制费用了。我和周围的脱口秀演员都联系不到王铜，只能和王铜的律师沟通。如果上了法院，结果就会遥遥无期，而且在打官司的过程中还很容易出些负面新闻什么的。“刘东及其厂牌笑坊被起诉”已经上了热搜，尽管目前还只是收到了一个律师函而已。

第二天我又上了一个热搜，原因是陆军在她的节目里被问及和我的关系。陆军说：“我们是很好的朋友，但最近不大来往了。”她这句话被标题党炒作成“陆军：刘东成名后和之前的朋友断绝来往”。这个热搜让我很恼火，不是她说的“我们俩的事儿就别在外面讲了”吗？！按照我以往的办事习惯，我可能会在这个过程中尽量瞒着王艳不让她知道，等有了结果再和她沟通。但现在王艳知道得比我都早，有些网民甚至知道得比我们都早。

“刘东，我受不了这种明星背后的生活，决定自己带着松松去个更好的学校读初中了。你的事情我不管了，也管不了。你就按照你自己的想法奋斗吧。”王艳平静地宣布了这个决定。我脑海里浮现出松松那张可爱的小脸，泪如雨下。

我说：“那我们呢？”她说：“我们还是做朋友吧。我为了你，为了我们的家，为了松松付出了那么多，我放弃了那么多追我的优秀的男人跟着你，和你结婚前前后后十二年，你该知足了吧？”我擦干眼泪，镇定了一下，说：“我为了你也放弃了其他女人，虽然不是追我的女人。没人追我，呵呵。但我连有工作关系的女人都断绝了往来，还放弃了我最心爱的脱口秀俱乐部，你还是不满足吗？”

王艳说：“我还是爱你，也知道你是好人，很爱我。但我实在是做不了明星背后的女人，时不时要处在风口浪尖上，那很折磨。更重要的是松松的成绩下滑了，需要一个安静的学习环境，你事业一败涂地，还可能得打官司，会影响全家的生活。”提到松松，痛苦又像雪崩一样向我压来，我拼命控制自己的情绪，但还是干呕了半天说不出话来。过了一会儿，我说：“松松是我在这个世界上唯一的朋友了，不幸的是我还是他爸爸，所以，我同意你的安排。”

王艳开始抽泣，我给她递过去纸巾，说：“我也很理解你，知道你和我在一起不容易。而且仔细想想，没有我你们可能会更艰难。”她哭得更厉害了。我说：“要不然你重新考虑一下，我们还是一起过？”她说：“我这是幸福的眼泪。”我们俩都不由自主地笑了起来。这时阿姨进来了，她笑着说：“什么事儿这么好笑啊？”我说：“王艳也成了脱口秀演员了！”王艳说：“但我说的话都是认真的。”

一想到要和松松谈话，而且是要比上次关于性教育更艰难痛苦的谈话，我就想哭。我也的确躲在厕所里面擦了几次眼泪，毕竟我真的不知道怎样才能面对松松的眼泪。

我把松松带到他的房间，说：“我记得你有一次说爸爸没有朋友。”松松说：“对。”我说：“这话不对，我最好的朋友永远是你。”松松很诧异：“你和我说过好几次了，可是我小的时候，你让我罚站好几个小时，哪有这样对待朋友的？”我说：“没有的事。我是按书里说的办法惩罚的，两岁罚站两分钟，五岁罚站五分钟，可能是你感觉时间很长吧。”松松说：“也是。”我犹豫了一下，还是和松松说了实话：“其实每次惩罚你，我心里都非常难过。我也想向你道歉，安慰你，但这样做又怕你不听话。我也是第一次当爸爸。有你之前，我也从来没当过爸爸。”

我说：“你马上就要去新学校了，那里教学质量更好，你的压力也会更大。但要记住，没有经受过压力就取得的成功往往是廉价的。”松松说：“明白。”我说：“就像是我们俩成功地进行了这次谈话一样。”我们俩笑了一会儿，我继续说：“爸爸妈妈又要分开一段时间了，但我会定期来看你的，就像以前一样。”松松说：“可以。但不要总来新的学校接我哦，只可以偷偷接。我不想让同学们看到我爸爸是个大明星所以老师才对我好，靠爸爸妈妈那叫狐假虎威，我要靠实力让老师对我好。”

有松松之前，我和王艳都想要个女孩，但我很庆幸有了松松这么个儿子：独立、坚强、善解人意。我把松松紧紧地抱在怀里，他是我唯一的朋友，我愿意为之付出一切，甚至为之付出生命的朋友。或许我的付出过几年就会变得没有必要，显得累赘，但我也认了。

爱从来都不是对等的，总有一方会爱得比另一方深，付出的比另一方多。如果不是心甘情愿地接受不对等的爱，那爱几乎也就不会存在。

第十六章

大满贯

物理学里面有个伯努利原理，就是速度快的液体压力低，会把其他液体吸引进来。我发现了一个心理学上的伯努利现象，那就是突如其来的忧愁和绝望会把酒吸引到体内。有时坐地铁回家，身上的酒味儿让拥挤的车厢里硬是有了属于我直径一米的个人空间，一个“酒精引起的势力范围”。此刻，我所谓的“家”就是和王艳分手后在东城区租的一个房子。但单身人士是没有家的，我租的公寓充其量是个没有室友的宿舍。到了家，我像一块木板一样掉到床上，瞪着眼睛等着自己不省人事那一刻的到来。

脱口秀演员诺姆·麦克唐纳[1]讲过这样一个段子：“大家经常说，很不理解为什么某某某自杀了。这是真的吗？你不能理解为什么人会自杀？难道你没看到你的生活和这个世界是什么

1 诺姆·麦克唐纳（Norm Macdonald 1963—2021）：美国脱口秀演员，编剧，《周六夜现场》前成员。

样子的吗？”自杀有时候是对社会的抗议，更多的时候是对自己的强烈不满。

我怎么能这么天真呢？天真到以为能够在和王艳离婚后，再和她讲一个破镜重圆的童话故事？复婚之后，我并没有能力改变导致我们离婚的根本原因：两个人之间缺少平衡。听过这样一句话：婚姻是夫妻之间永无休止的战争。以前我尽量避免战争，现在我意识到没有战争就没有和平，也许两个人需要把话都说出来才能达到某种平衡。

但真实情况是，我和王艳已经有了一个定势：王艳有着伴随着她的美貌而来的压倒性的强势。而我一方面想对她百依百顺让她开心，另一方面又有自己的想法。理想状态下我应该找到一个好的沟通方式，让她知道我的想法、处世态度和底线。但大多数时候两个人好像都疲于奔命。这个定势在复婚之后的蜜月期被短暂地打破过，但不久又完全恢复了。

现在的我完全走到了天真的另一面。以前单身的时候，看见一个漂亮女孩就会憧憬和她在一起有多么美好。现在看见一个漂亮女孩，就会想象她将来会怎样把一个男人的尊严和存在的基石一块一块地搬走，让他把他的感情完全依附在自己的喜怒哀乐上，然后再离开他，让他像一块木板一样精神麻木，动弹不得。

我渐渐发现让一个人从失败和消沉的谷底爬起来的唯一办法，就是用另一种负面情绪去替代，这另一种负面情绪就是：厌倦。两天后我就厌倦了自我怜悯，开始努力想办法反弹，联系了一些脱口秀俱乐部，但大部分都因为我和笑坊及王铜的瓜葛不愿让我去演出，我最终找到了一个开在电影院放映厅的俱乐部。

我走上台，大家还是像往常一样狂呼乱叫。尖叫声消下去后，又有几个人喊我的节目的名字："你还好吗？"大家开始鼓掌和欢呼。

我看到前排有一对情侣，就问那个女生："你是不是觉得他很香？"她说："是。"我说："也很甜？"她笑着点点头。我说："大家看看，这么甜蜜的一对，她恨不能把他放嘴里嚼，像甘蔗一样把所有的甜头都榨出来，直到最后一滴，然后吐出来，呸！说因为他不甜了，甚至渣。"观众毫无反应地听着。

突然又有几人大吼："你还好吗？"大家笑了起来。其实这是一个很好的双关语，既是很多人熟悉的我的节目的名字，也是在暗讽我在这个搞笑舞台上说这种狠话似乎不大对劲儿。等大家笑完后，我继续问两个人："你们打算结婚吗？"他俩点点头。

我说："现在的年轻人结婚太难了。我结婚的时候对方也没房没车，但我一点儿都没嫌弃她，我就是这种人。北京的房价太贵了，是吧？但你们知道比房价还贵的是什么吗？墓地。而且墓地还不能租。从来没听说过谁说：我太爷爷打算搬出去了，你太爷爷打算进来吗？他们也可以合租。这么看起来，'婚姻是爱情的坟墓'这句话还有另外一层意思：婚姻的代价太高了。你不服从她，你就是不爱她；你服从她，她又认为你窝囊。"

这时候那位大哥又喊了起来："你还好吗？"这次我开始怼他："我还好，但你肯定是有病。我在这里和大家掏心窝子，讲段子，你不停地打断我，你会不会尊重人？"全场观众静了下来。我看了一会儿观众，把话筒摔在舞台上就离开了。

在回家的路上，俱乐部主理人李英杰给我打了电话，特别生气地说："这是演出事故！观众看见你很兴奋，你却骂他们，他们已经开始在网上抱怨说你像教训学生一样教训他们了！这对我们俱乐部影响特别不好。"我说："你怎么帮着他们说话啊？你没看见他们在那儿一个劲儿接话影响演出吗？"他说："你这种过气演员都没人愿意让你上台，我这里给你个机会你还要大牌？"我说："就你这个破俱乐部还……哦，对不起，我以前也做过俱乐部，都不容易。今天我心情不好，不够耐心。喂？"李英杰已经把电话挂了。

这次脱口秀没能让我走出低谷，没能治愈我。我回去看了一部电影，里面是个中年危机的男人一一拜访自己的前女友，试图从不同的角度找到自己情感危机的线索。看完后，我的感触是：妈的，我连个前女友都没有！我倒是有个前妻，和她的前男友。

我和冯凡约在一个餐厅包间里见了面。

我说："我告诉你，其实当年是我帮了你一把，你知道和王艳结婚是什么感觉吗？"

冯凡说："我想知道，但又不想知道。"

我说："和她在一起生活，就是被人用放大镜看你的每一个弱点。她对我说得最多的几句话就是：你不懂，你没那个本事，你一点儿都不懂，你自私，你怎么会这么自私！"

我停下来喝了一口酒，继续说："还有：你看看人家的老公！你太自卑了！你自卑就是因为你爸妈从小对你太苛刻。"

冯凡笑着说："你们结婚那么多年，肯定有恨铁不成钢的时候。"

我说："不是。这些话是一天说的，2016年大年三十当着我爸妈面儿说的！"

冯凡说："她跟我说，你说得更狠。"

冯凡喝了一口酒，犹豫了一下说道："你得给我保密啊，她特别讨厌别人背后谈论她。"

我说："一定！她说我什么了？"

冯凡："对了，我说了你可别跟我生气啊！"

我说："算了，你还是别告诉我了，我不知道更好，知道了就……"

冯凡说："她说她很后悔当初意气用事，拿你来报复我，她说她觉得你哪点都不如我。"

我说："哈哈哈！就这个啊？她跟我说过好几次了！讲实话我还真不恨她，有时候我觉得世界上有王艳这样漂亮有才的女人，是件挺美好的事儿。"

冯凡说："原来你是真傻啊，把你甩了还这么痴情！"

我问："你恨她吗？"

冯凡说：“我想想。其实也不恨。”

王艳还是时常和我联系，有时是她有事情要忙，让我去辅导松松功课。更多的时候是松松需要各种费用的事儿，这也逼得我想着怎么出去挣些钱才行。

天王突然给我发了条微信，说有个活儿得到咖啡馆和我聊一下。

我到了才发现是那个“心不在焉咖啡馆”，以前和陆军一起写段子的地方。一看见这个咖啡馆我就想起了那时的陆军：她的脸、她身上的衣服和味道，有时候好像是洗发水和便宜香水糅在一起的味道。

我想起有一次我在“心不在焉咖啡馆”里，看见一男一女在角落里亲热。

陆军说：“你个变态，是不是就爱看人家这样啊？”陆军模仿那对男女亲热的模样。

我说：“学得这么像，你不是也看了吗？”

陆军说：“唉，这是个很好的话题，你说为什么在电影或视频里看人家‘啪啪啪’大家觉得正常，但看真人‘啪啪啪’就是变态呢？”

我说：“你，你看片儿吗？”

陆军说：“有时候看。”

我说：“你喜欢看欧美的还是岛国的？”

陆军说：“我喜欢欧美的，岛国的太压抑了。”

我说：“我也是那么觉得。”

陆军说："那种片儿也怪，看完了后悔得要命，过段时间还想看。"

我说："你是不是经常和别人聊这个话题啊？聊起来这么流利。"

陆军说："其实女生之间有时候也聊这个。"

也不知道那个曾经和我无话不谈的陆军现在怎么样了？恨我吗？我已经没了自己的节目，自媒体上偶尔会有《刘东去哪儿了？》之类的文章，但阅读和评论量都不大。原来人不火之后，大家对你的气愤程度好像也没那么大了。虽然陆军在节目里说的关于我的话被人拿来炒作让我很不舒服，但她也一直在有意无意地帮我，我有的地方是对不起她，我们这算是扯平了吗？我不知道这笔账该怎么算，本来在情感上就思路不清，加上来到这里想她想得快要流泪了。

我来回踱步几分钟后，叹了口气，走进了咖啡馆，看见了天王和小丽。小丽转过身见到我说了句："刘老师来了？"天王转过身看我的时候，我发现他的对面坐着的竟然是陆军！我和陆军都愣了一下，我没有说话，走了过去。

小丽说："我让两位老师来就是想碰一下爱奇艺短剧大赛的事儿。"我敷衍地说了一句："哦。"然后觉得心跳加速，嗓子和口腔都干得要命。陆军从惊讶中挤出笑容说："好久不见啊。"我身体向她倾过去，但没有想好是和她握手还是不握。她也站了起来，我脑子里的疑问不加过滤地从嘴里冒了出来："你还恨我吗？"她摇了摇头。

我伸出手想抱她一下，但我看到她可爱的小嘴又忍不住想亲她。她也把嘴唇凑了上来，呼吸里有些肠胃功能紊乱的气味，我们嘴唇接触的一刹那，小丽发出了一声尖叫。

和陆军真刀真枪地吻了一会儿后，我把她推开，她一脸不悦地说："你干吗啊？"我说："嘴太干，喝口水可以吗？"她的脸红了一下说："可以，我也得喝一口。"她喝水的时候，我拿出了口香糖放到嘴里嚼，然后也递给了她一块。

我们马上又开始了充满薄荷味儿的吻。陆军还是那样突兀、随性，不大考虑周围的环境。但这让我感觉越来越好，也逐渐忘掉周围的一切，贪婪地亲近她的嘴唇，夺取她的呼吸。

过了一会儿，她松开嘴，在我耳边小声说："有人看我们呢，我们去楼上吧。"我们俩在楼上的一个角落里坐下，感觉有说不完的话，但又不知道从何谈起，就在那里傻坐了一会儿。我抓起她的手，在她的手背上亲了一下，她有些颤抖。我看了看她的眼睛，里面有光了。

我把这只当年把我推向舞台的小手握在我的手里，说："我最近还梦见你了。"陆军说："在梦里我们干什么了？"我说："我们俩在一个小酒店里约会。"陆军笑着说："我也梦见你了。我们在一个五星级酒店里面，这时杨更走了过来，让我很紧张。"她突然话锋一转："你真是个凤凰男，做梦还要和我在便宜的小酒店见面，我都给你安排在五星级酒店里面！"我也话锋一转："怎么杨更也出现了呢？你还想着他？"

她说："他是我男朋友。"我脱口而出："什么？你知道他是个渣男吧？”陆军突然喘着粗气说：“我，知道。他还是挺渣的。”我说：“那你还和他在一起？你看上他什么了？长相？”她把手从我的手里面抽出来，愤愤地说：“我就是喜欢他的帅，怎么了？你不也是馋王艳的长相，不管我对你再怎么好，你再怎么喜欢我，你不还是往她那里跑吗？”我说：“这不是一回事儿！”她冲我吼道：“就是一回事儿！还有雯俪！”说话的时候，她额头上的青筋有些凸出。

看到一些顾客和服务员来到楼上，陆军起身离开。我坐在那里有些蒙了，今天的各种反转太多了。小丽上楼焦急地对我说：“刘老师，陆老师走了，还不赶紧去把她追回来！”我立即反应过来，出去追陆军。

出了咖啡馆，我在胡同里面没有看到她，我一边喊着她的名字，一边向一个方向跑，跑到胡同尽头也没有看到她。我又向反方向跑，边跑边喊她的名字，到了胡同的另一端也没有看到她。我蹲在马路上一边喘气，一边想：她怎么跑得这么快，难道是骑着共享单车跑的？我时不时还环顾四周，希望陆军能够突然出现，但她没有。

我又低头想了一会儿刚才发生了什么。我真的不嫉妒杨更，只是怕她受伤害，她可能误以为我介意她和谁好过，或者还在和谁交往。

是不是她又在搞什么恶作剧随时出现在我身后？回头一看，天王和小丽站在那里。天王说：“刘老师你没事儿吧？”我说：“没事儿。你们找我到底是什么事儿啊？”

天王说他看见我最近情绪低落，又在和王铜纠缠，感觉很愧疚，不该把王铜引来。陆军来北京做一个项目，天王揽下了这个项目当编剧，想让我也参与一下。而且天王觉得我最近心情不好，琢磨着和陆军聊聊会开心一些，所以给我安排了一个惊喜。

天王告诉我，杨更离婚后搬到了上海，找到陆军，让她帮他在上海发展，还成了脱口秀圈里某种程度上的颜值担当。两个人渐渐地就成了情侣。但据小丽了解，杨更还和其他女人有来往，陆军也许知道，也许不知道。

我和小丽不是很熟，但我一改以往的"脱口秀忍者"的风格，和他俩敞开聊了好长时间。我说："我是真搞不懂陆军她到底是怎么回事，她有时候和我很近，有时候又突然很陌生。"天王说："感情的事我不懂，但圈儿里早就在传你们俩好上了，你怎么不玩命追她呢？嫌她长得不够好看？"小丽打了天王一拳说："陆军老师很美的好不好?!"天王说："我的意思是刘东老师标准高啊！人家大明星见多了。"我说："我是见过一些明星，其实她们都没有陆军好看，没有她可爱。"我又问小丽："你觉得陆军到底是怎么回事儿？她喜欢我还是杨更？"小丽说："我和陆军老师也不是很熟，就见过两次，但我知道女人做事的背后其实是有逻辑的。"

我想从小丽那里找答案，她却给了我一个问题：陆军举止背后的逻辑是什么？

我越分析思路越乱，绝望到要拿出理科生的看家本事了。

我回家里做了一个我和陆军从认识到现在的时间轴，看看每个阶段都发生了什么。接下来就把正向的进展作为正数，两人交恶的情况算作负数，不见面的情况算零。后来发现整个曲线好像根本找不到任何适用的基线方程，连那种误差大的趋势方程都找不到。更要命的是，我意识到我赋值的方式完全是从我的感受出发的，她的感受是个巨大的未知数，别说方程式了，连数据都做不出来。

我自己的“作业”没有做出来，第二天还得辅导松松写作业。我不知道为什么孩子都喜欢在快餐店写作业。我们去了肯德基，取餐时一个服务员问：“您是那个脱口秀演员刘东吧！”松松说：“他就是。”服务员说：“看过您的节目，多给您两袋番茄酱！”这就是我现在的明星影响力：两袋番茄酱。我说了声谢谢后，就端着餐盘往餐桌走。另一个服务员走过来说：“你怎么拿这么多番茄酱？”然后把多给的两袋番茄酱又拿回去了，松松因此笑得很开心。

看着他做功课的那张略带点婴儿肥的小脸，我眼前浮现出小时候陪他在肯德基写作业的场景。有一次，他突然问：“爸爸，桃园三结义的时候你在吗？”我说：“不在，我没那么老。”他又问：“那妈妈在吗？”我说：“妈妈也不在。”他想了想说：“你不在，你怎么知道妈妈也不在？”我笑着说：“好了好了，妈妈在。”

我觉得松松在没有爸爸的家庭里生活有些可怜，但好在他现在几乎没有课余时间可以胡思乱想，有的时候也就是想着怎么和同学一起玩儿。

把松松送回王艳家的时候，我让他先自己玩一会儿，自己和王艳到卧室单独聊了一下。我一时不知道怎么开口，倒是王艳低头看着地板说：“我觉得你同意我们分手的决定是对的。松松最近学习进步很快，你也可以专心做你的脱口秀了。”

王艳还是那样，倾向于把事情说成是我的决定，是为了我好。我倒是和以前有些不一样了，看她的时候不再看得到她头上的光环，感觉更像是个朋友了。我请教她关于陆军的事儿，王艳眨了眨眼睛说：“我帮你看看你的曲线方程吧。”我打开电脑给她看，她笑得眼泪都快出来了。

“女人有时候是没有一个很清楚的目标，或是什么背后的逻辑的。你挺有福气，她是喜欢你，但她不知道怎么办才好。”王艳和我分析道。我说：“那杨更呢？”王艳说：“你怎么越活越糊涂啊！你当年追我的时候我还有冯凡呢！陆军我见过几次，很单纯，有点儿邋遢，也没有我漂亮，没有我有气质，说话做事不大有分寸……”我有点儿听不下去了，说：“然后呢？”她说：“然后，就没有然后了。”怎么我周围的人都成了段子手了？我勉强笑了一下。王艳笑着说：“你看看，你是很在乎她。”

我连续几天给陆军发微信，说我那天没有思想准备，希望能见面解释一下。她根本不回复我。我内心觉得还有希望，因为她没有删除我。我飞到上海，在一个五星级酒店入住后，约她在酒店大堂的咖啡厅见。她还是不理我，朋友圈也一直不更新自己的动向。我在微信上和她说："我不在乎你的过去，更不在乎我的过去，我只在乎你。我不知道你住哪里，我就只能在这等你过来。"接下来我每天在大堂转悠，等着她的出现。

第三天，陆军来了。她的确像王艳说的那样有些邋遢，妆化得也比较潦草，但她清澈的眼睛里充满灵光。我激动不已，手足无措，但我逼着自己像个绅士一样把椅子拉出来，让她坐下。但她坐下后并没有像往常那样说个不停。

我先开了口："我发现我们很多关于爱情的概念是从电影和小说里面看到或得到的。里面的主人公总是能够把话说得恰到好处。和那种爱情比，我自己就挺不尽如人意的，要么没话说，要么说错话。现在我明白了，那些电影和小说里的爱情都是作家写完之后反复修改的台词。在真正实战的场景里面，那么多的情绪、思念、心跳、惧怕失去、忍不住冲动；那么多天里每天早上起来第一个想到的是你现在怎么样了，今天会做什么，晚上睡前脑子里最后一张脸也是你的，我不可能把话说好，对每个字都那么精雕细琢。"陆军说："你这么远跑到上海，住在豪华酒店里，想和我说什么？就想和我说这些？还是有什么其他的？"

我有些语无伦次地说："我把你叫过来……是想……对了，谢谢你愿意到这里来。"她打断我问道："你手上写了什么？"我给她看了我的虎口："哦，一些关键词，我怕见到你的时候忘了说思念、恐惧什么的。但我还是忘了最关键的，你的笑容最迷人，你的一举一动都让我忘不了。”她听后微微笑了一下。

她的笑容就像劣质酒一样，劲儿大而且上头。一见到她微笑，我的戒备和防范心理都没有了，随口说了一句：“你来这里，不算是劈腿吧？”她收起笑容，环顾四周。我说：“我们换个地方好好聊，我的房间怎么样？”我的心脏都快跳出来了。她点了点头。

到了我的房间里，她说：“不管我和谁在一起，想和谁在一起，都有点儿想和你劈腿。”她的目光焦灼。我有些乱了方寸，低着头说：“你想好了，我不会强迫你做任何事情。”她哈哈大笑：“就你？该动手的时候都不敢动手，连表白都那么不确定……”我一把把她抱住，开始亲她，感受她心脏的跳动。我发现她是有备而来的，因为她做了美甲，从外套到内衣都是新的。

我们三天没出酒店。每天都在听对方讲自己的故事，写作，吃东西，喝咖啡，做爱。把过去几年的渴望、猜疑和怨恨都说出来。我问她：“我不是你的第一个选择，你能安心和我在一起吗？”她说：“我也不是你的第一个选择啊。还有，你也不是我的第一个选择，你能安心和我一辈子在一起吗？”我说：“没问题，我从来都不是我最好的朋友的最好的朋友，但你是我的最爱，这就够了。”她说：“什么意思？如果我和另一个男人好了，你也OK吗？”我说：“我会痛不欲生，但还会爱你。”她眼里有些泪光，说：“你别说了，我知道了。谢谢你。”

过了一会儿，她艰难地说："我得告诉你个事儿，我和杨更在一起也那个过。我知道他利用我，我也不爱他，但我那时候太孤单，也太馋他身子了。"我欣赏她的真诚，但又本能地心如刀割，叹了口气。她说："你不爽了？"我把头埋在枕头里说："说不嫉妒那是撒谎。但这样也公平。我和王艳有过婚姻，你和杨更也有过一段。这样我们在一起，我不会感觉我欠你一个前史。"

她把我的头从枕头里搬出来，亲我的脸。我起身把她搂在怀里，摸着她柔软的头发，试探地问了一句："你还想杨更吗？"陆军停顿了一下。我说："你不想告诉我的话，我就不问了。"她说："我不想他，我就是想让你知道发生了什么。据说杨更现在很痛苦，因为上周他被一个女人甩了。"她说完后把我推开，把自己的脸埋在枕头里。

我不知道她是想掩饰她的难过还是笑容，反正我是开心极了。趁她没有看我，我立马开始了独自的尬舞。过了一会儿，她把脸抬起来，我马上停了下来，躺在她身边。我俩就侧躺在那儿，像庞培古城被火山掩埋的那两具尸体，祈祷着这瞬间能变成永远。

第二天，上海阴雨连绵，我内心阳光明媚。

和陆军在一起，我总是不由自主地感觉到一种躁动、一种希望，好像一切痛苦和艰难都是过眼烟云。我们先是雇了个律师反诉王铜，不惜和王铜去法庭斗到底，一定不能让他赢，否则脱口秀圈会变得更加污浊。

接下来是陆军要开自己的专场，我帮她一起打磨段子里面的内容，这样我们脱口秀的大满贯（专场、主持节目、情景剧）里就只差情景剧一项了。我说："我们一起写个剧吧。"她的眼睛亮了："对，就讲我们俩的故事。"我说："也是讲脱口秀的故事。"

我们俩把手头的钱算了一下，除了给松松的抚养费用、我们俩的生活费外，还能再挺两个月。于是我们又开始疯狂地写作，但过了两周发现写出的东西太乱。我们觉得要同时写两个剧，一个她主笔，另一个我主笔。她写脱口秀演员的爱情，我写理工男的故事。陆军毕竟是写文案出身，她的十八集剧本率先完成了。

我还是一如既往地不喜欢王伦，但还是低三下四地求他投资陆军的剧，他客客气气地说能不能看看剧本。我忐忑地把剧本发给他后，他居然同意投资了！

我们立即找了脱口秀和编剧圈的朋友们过来开了个围读会。大家拿着剧本读一遍，演员和编剧们往里面加段子，加桥段。把剧本过了一遍后，我总结说："现在很强了。唯一的缺点是求婚那个桥段，不够真实，主要是因为你没被好好求婚过，所以……"

我单膝跪地，把手放进裤兜里。小丽尖叫一声，陆军也大吼："刘东！你不能开这种玩笑！这个不是玩笑吧？不要……"我掏出了一枚钻戒说："陆军，你愿意嫁给我吗？"她的脸好像刚咽下了一坨芥末那样扭曲起来。她用手捂住脸，开始抽泣，大家都静了下来。

陆军平缓了一下情绪，看着钻戒说："你怎么才求婚啊？"大家哄笑起来。我说："你怎么还没说愿不愿意啊？"她抹了一下眼泪说："当然愿意啊！"

几个星期后，我们和王铜的官司打赢了，笑坊的运营权又回到了我们手里。

我们决定在开业大吉演出的时候做一个公开读稿会：演员们当众把第一集剧本当成话剧演一遍。之后小丽还给我和陆军做了一个小采访，她问我们："你们认识四年后订婚了，再过四年的话，你们觉得自己会和对方说些什么？"

我说："我觉得陆军是我生命的延伸，没有她我的人生是寂寞和六神无主的。我会永远爱她，尽我所能照顾她。但人生总是有缺憾的，我们的婚姻也会是有缺憾的。到了那时，我会跟她说我们第一次在笑坊见面时说的那句话：'对不起！'"

陆军说："刘东你居然还能说出这么肉麻的话！但我爱听。我也会说我们第一次在这里撞见时说的话：'我没事，你没事吧？'"

– 全文完 –

黄西 | 脱口秀演员，主持人，作家。

2010年在美国白宫记者年会上表演脱口秀，同年获全美喜剧节冠军，成为第一位跻身美国主流喜剧界的亚洲人。
2013年起担任央视节目主持人，同时致力于将脱口秀引入国内，是中国脱口秀领域的拓荒者。

脱口秀避难所

作者 _ 黄西

产品经理 _ 刘树东　装帧设计 _MAKIII　产品总监 _ 熊悦妍
技术编辑 _ 顾逸飞　责任印制 _ 陈金　出品人 _ 王誉

营销团队 _ 郭敏

鸣谢（排名不分先后）

鲁豫 罗永浩 刘同 宋方金 李尚龙

果麦
www.guomai.cn

以 微 小 的 力 量 推 动 文 明

图书在版编目（CIP）数据

脱口秀避难所 / 黄西著. -- 济南 : 山东文艺出版社, 2023.10

ISBN 978-7-5329-6637-0

Ⅰ. ①脱… Ⅱ. ①黄… Ⅲ. ①长篇小说－中国－当代 Ⅳ. ① I247.5

中国版本图书馆 CIP 数据核字 (2022) 第 222355 号

责任编辑：王春晓

装帧设计：MAKIII

脱口秀避难所

TUOKOUXIU BINANSUO

黄西　著

主管单位　山东出版传媒股份有限公司
出版发行　山东文艺出版社
社　　址　山东省济南市英雄山路 189 号
邮　　编　250002
网　　址　www.sdwypress.com

读者服务　0531-82098776（总编室）
　　　　　　0531-82098775（市场营销部）
电子邮箱　sdwy@sdpress.com.cn

印　　刷　北京世纪恒宇印刷有限公司
开　　本　880mm×1230mm　1/32
印　　张　7.5
印　　数　1 ～ 13,000
字　　数　149 千
版　　次　2023 年 10 月第 1 版
印　　次　2023 年 10 月第 1 次印刷
书　　号　ISBN 978-7-5329-6637-0
定　　价　45.00 元